BBN
B●BOY
NOVELS

劣情婚姻

遠野春日
イラスト／雨澄ノカ

この物語はフィクションであり、実際の人物・団体・事件等とは、一切関係ありません。

CONTENTS

劣情婚姻

I

ヤバイやつらに目を付けられたか。

リトル・イタリーのグランド・ストリート駅で地下鉄を降り、バワリー通りに向かって歩いているとき、里見征爾《さとみせいじ》は尾行されている気配を感じた。敵意に満ちた視線が背中や項《うなじ》に突き刺さってくるようで、肌がザワッと粟立《あわだ》つ。

気のせいだろうか。緊張のあまり過敏になりすぎているのか。だが、楽観視できず、心臓が大きく波打ち始める。

尾《つ》けられているとしたら、いったいどこから？

取り引きをした劇場か。それともミッドタウン西部のチェルシーにある逗留《とうりゅう》先のホテルを出たときからか。

歩調を変えずに雑沓《ざっとう》の中を進みつつ、左手に提げた黒のアタッシェケースを強く握り締める。

バワリー通りで横断歩道を渡るとき、さりげなく首を回して背後をちらりと見た。

午後六時を過ぎたばかりの路上は勤め帰りの人々でごった返している。一瞥しただけでは尾行者らしき人物がいるかどうか見定めるのは困難だ。どの顔も、一日の仕事を終えて帰宅を急いだり、食事をして一杯飲んでいこうとする善良な市民のそれに見えた。

だが、どうしてもすんなり安心することができない。

里見は人相を変えるために掛けた伊達眼鏡《だてめがね》のブリッジを中指で軽く押し上げ、落ち着け、と己に言い聞かせた。

バワリー通りを越えて次のブロックまで行くと、チャイニーズスーパーがある。チープで雑多な商品が壁のように積み上げられ、狭い通路を買い物客がぶつかり合いながら行き交う店で、一角にイートインコーナーが設《もう》けられている。そちら側に従業員専用の裏口があることを里見は知っていた。

とりあえずここで様子を見よう。安全策を取るために里見はスーパーに入った。

案の定、店の中は大変混雑していた。客の大半はこの辺りに住むアジア系の移民たちだ。

店に足を踏み入れた途端《とたん》、里見は大股で急ぎ足になった。

「すみません、ちょっと失礼。通してください」

人混みを掻き分け、ぶつかり、押しのけながら奥のイートインコーナーを目指す。

これだけ人が多ければ、尾行者がいたとしても見失わずに追ってくるのは難しいだろう。

ちょうど夕食の時間帯ということもあって、イートインコーナーも大変な賑《にぎ》わいぶりだった。

炒め物や鶏の丸焼き、総菜類、パン、海老の生春巻きなどが、その場で調理しながら対面販売で提供されている。それぞれのブースの前に人が鈴なりになっていて、広東語《カントン》やら何やらが飛び交っている。不慣れな観光客などは、圧倒されて近づくことも躊躇《ためら》う状態だ。

そうした喧騒《けんそう》を横目に、里見は迷わず従業員専用のスウィングドアを押して中に入った。

コンクリートが打ちっぱなしになったバックヤードはさらに雑然としていた。作業用のエプロンを着けたスタッフが、荷物を堆《うずたか》く積んだ台車を押したり、小走りでどこかへ向かったり、担当者の名を連呼して走り回ったりしている。皆自分の仕事で手一杯の様子で、スーツ姿の部外者が紛れ込んでいても、誰だと問い質《ただ》すのは自分の仕事ではないと言わんばかりの無関心さで見送るだけだ。

在庫の段ボールが積み上げられて迷路のようになったバックヤードを、さも関係者であるような顔をして足早に通り抜ける。

警備室には眠そうな目をした中老の警備員が一人いたが、運よく荷物を山積みにした台車を押した配送員が外から来たので、荷物の陰に隠れるようにして入れ違いに表に出た。

商品を搬送するトラックが横付けされたスーパーの敷地を出て、不審な人物が周囲にいないことを確かめる。後ろから里見を追ってきた者もいない。

それでもまだ安心しきれず、里見は歩道に溢《あふ》れた人々の隙間を縫うようにして地下鉄の駅まで走り、発車寸前でドアが閉まりかけていた電車に乗った。

もうこれで、たとえ追っ手がいたとしても、完全に撒《ま》けただろう。ようやく一息つけた。

走ったのですっかり息が上がってしまっていた。ネクタイのノットに指を入れて緩め、ハンカチで額や首筋の汗を拭い去る。

九月だというのに今日は暑い一日だった。最後の最後にヒヤリとさせられて、どっと疲れた。スリルを味わうのは嫌いではないが、汗まみれになって逃げるのは御免蒙《こうむ》りたい。

こうした危険な商売に手を染めている以上、いつ追われる立場になったとしても不思議はない。用心するに越したことはなかった。

追っ手は警察かもしれないし、過去に因縁《いんねん》のあった組織の連中かもしれないし、ひょっとすると今回の取り引き相手の裏切りかもしれない。一旦取り引きを無事終わらせたように見せかけて、あとで金を取り戻そうと目論《もくろ》んだ可能性もある。以前そういう目に遭《あ》いかけたことがあった。

自分以外の人間は基本的に信じない。それが里見のモットーだ。

里見は拝金主義の一匹狼だ。

表の世界では遣《や》り手の個人事業主として知られているが、闇社会とも密かに通じていて、非合法な商売もしている。客は日本国内、日本人に限らず、儲《もう》け話がありさえすれば海外にも出張して外国人とも取り引きする。銃や麻薬はリスクが大きすぎるので基本扱わない。一番多いのは偽造クレジットカードの受け渡しだ。次に偽ブランド品。里見は製造者と購買者の間のパイプ役をしてマージンを受け取っている。

今回の取り引き相手はニューヨーク在住の中国人らで、偽造カード百枚を用意してくれとの依頼を受けた。おそらくチャイニーズマフィアが絡んでいるに違いなかったが、里見の信条はよけいな詮索をしないことだ。商品を渡して金の入ったアタッシェケースを受け取る。そこから先は関知しない。その代わり事前調査は徹底して行う。少しでもきな臭さを感じる依頼は受けないし、接触するのは一度だけと決めている。そこで万一不測の事態が起きれば取り引きは中止だ。契約を交わす際にそのことは相手側に伝えてある。

依頼を受けるところから商品の受け渡しまで、里見は完全に一人でこなす。誰かと組んで仕事をすることはない。有能で信頼の置ける協力者はいるが、一回一回きっちりと報酬を払い、お互い情を差し挟まない関係を維持している。全てビジネスライクに片づけたいのだ。そうすればよけいな義理や柵《しがらみ》を抱えることもない。頼るのも頼られるのも性に合わなかった。

真っ直ぐ逗留先のホテルに戻る気になれず、しばらく人目につきやすい場所で時間を潰していくことにした。

地下鉄を一度乗り換え、ブロードウェイの28thストリート駅で降りる。

ブロードウェイを少し南下すると、左手にホテルがあった。

白い石壁に黒の庇《ひさし》、ディープグリーンの窓枠といった外観のクラシカルで洒落《しゃれ》たホテルだ。

両開きの扉を開けてロビーに足を踏み入れる。天井からいくつも照明が吊り下げられているが、全体に薄暗く、アンティークな風味の演出がされていた。

ロビーを抜けて通路を左折する。

二階まで吹き抜けになったスペースを、図書館のように書架が壁三面を埋め尽くす場所に行き当たった。二階部分へは美しくカーブした螺旋《らせん》階段で行き来するようになっている。ここは書物を自由に読みながら酒が飲める図書バーらしい。

座り心地のよさそうなソファとローテーブルをフロアの四方に配し、真ん中には図書館の勉強室に置かれていそうな横長の大きなデスクと硬めのチェアが据えてある。書架も床もソファも茶色を基調に纏《まと》められており、全体に重厚で落ち着いた雰囲気を醸《かも》し出している。

「いらっしゃいませ」

制服を着たフロアスタッフに声をかけられ、里見は奥まった位置にあるソファ席をリクエストした。まだ時間が早いせいか客はまばらで、その一角は丸ごと空いていた。

「ハウスワインの赤をグラスで」

「畏《かしこ》まりました」

里見はソファの端に腰を下ろすと、現金の詰まったアタッシェケースを足元に置き、周囲を見渡した。中央の閲覧《えつらん》スペースに学生風の男が一人。ビールを飲みながら分厚い本を熱心に読んでいる。向かいの書架の手前に里見が座っているのと似たソファセットと安楽椅子があり、そこでは男女のカップルがグラスを傾け合いつつ談笑している。その隣の安楽椅子には杖を傍《かたわ》らに掛けた老人。里見と同じ側には、一つテーブルを空けて一人客の女性がいる。彼女は里見の後から少し遅れて来た客だ。彼女が席に着くとき不躾《ぶしつけ》にならない程度に見たが、ラテン系の彫りの深い顔立ちをした、なかなかセクシーな美女だった。

そういえば最近女を抱いていない。里見はワインを飲みながら、この一ヶ月あまり本業と裏稼業が共に忙しく、ご無沙汰《ぶさた》だったことを思い出す。

里見は女に関しても特定の相手は作らない主義だ。寝たいときには玄人《くろうと》を買ってすませる。肉欲だけ満たせたらいいので、相手は誰でもかまわない。

幸か不幸か里見は昔から男に言い寄られることはあっても、女からは遠巻きにされるタイプだ。自慢ではないが里見はそのへんの女たちよりよほど美しい。女にしてみれば、自分より端整な容貌をしていて人目を引く里見と付き合うのは、勇気がいるし気後れもするのだろう。それでもたまに自意識過剰な女がいて、しつこく纏わりつかれることがあるが、女装が趣味であんたより綺《き》麗《れい》に化けられると言ってやると、たいていその場でさよならしてくれる。

里見は現在二十七歳だが、細身で色白の繊細な容貌をしているせいか、よく実年齢よりも二、三歳若く見られる。身長も百七十を越えるかどうかというくらいで男性としては決して高くなく、声も柔らかくて中性的なため、化粧をしてウイッグを着ければ完璧に女性で通じる。実際に、今までにも取り引きの際何度か女装したことがあったが、見破られたことはない。女装を趣味だと言うのは事実に反するが、必要ならそのくらいの変装は喜んでするし、なりきることもできた。

途中、客が増えた時間帯もあったが、里見のいるソファは相席になることもなく、一人で一時間ほど居座った。ワインを二杯とグラッパを飲み、席を立つ。

一時間のうちに里見は危機感を完全に払拭《ふっしょく》していた。

取り引き場所を出た直後は、よほど神経を尖らせていたようだ。誰かに尾行されていると思い、どこかで何かしくじったかと冷や水を浴びせられた心地がしたが、どうやらあれは気のせいだったらしい。今夜の取り引きもうまくいった。そう考えていいだろう。

チェルシーのホテルまでタクシーで帰る間、里見は膝の上に載せたアタッシェケースの重さを愛しく感じていた。

里見がこの世で一番好きなものはお金だ。

お金と自由な時間があれば一人でも孤独など感じない。

「お帰りなさいませ」

一昨日チェックインしてすっかり顔見知りになったドアマンに迎えられ、里見も愛想よく笑って「こんばんは、ボブ」と返し、エントランスを潜《くぐ》る。

部屋数が二十三室しかないこぢんまりとしたホテルだが、アットホームな雰囲気と気配りの行き届いたスタッフのおかげで快適に滞在できている。

里見の部屋は四階のスイートだ。

鍵を開けて室内に入り、灯《あか》りを点《つ》ける。

紙幣の詰まったアタッシェケースをコーヒーテーブルの上に置き、脱いだ上着を畳んで傍らの椅子の背に掛ける。伊達眼鏡とネクタイも外した。

部屋には何一つ異常はなく、違和感も感じなかった。誰かが寝室で息を潜《ひそ》めているかもしれないなど、頭を掠めもしない。

洗面所に入って顔を洗っていると、いきなり灯りが消えた。

何事だと驚き、濡れた顔を上げた途端、背後からタオルを顔面に強く押しつけられ、叫べなくされた。

暗闇の中、何が起きているのか全く把握できないうちに羽交《はが》い締めにされ、体の向きを反転させられる。

そこへすかさず痛烈な拳《こぶし》の一撃を正面から見舞われた。

抵抗どころか悲鳴一つ上げられないまま里見はがっくりと前屈みになって意識を遠のかせた。

＊

「里見征爾か。誰ともつるまず独自のルートでずいぶん儲けているようだが、勝手に取り引きされちゃ困る連中もいるんだよ」

グイ、とステッキの柄の部分で顎《あご》を擡《もた》げられ、里見は微《かす》かに呻《うめ》き声を洩らした。

ひび割れ、煤《すす》けた天井に裸電球が一つ吊り下げられている。

仰け反らされて目を眇《すが》めながら、どこだここは、と里見は恐怖心に抗《あらが》いながら頭を巡らせた。

どこかの古い建物の地下室だろうか。じめじめとした風通しの悪い狭い物置のような場所だ。

黴《かび》臭さに混じってネズミの死骸が放つような異臭が鼻をつく。天井に近い位置に通風口はあるが、埃《ほこり》が溜まってところどころ塞がっていて、あまり役に立っていなそうだ。

これでは大声を出して助けを求めても誰の耳にも届かないだろう。

里見は部屋に一つだけあるパイプ椅子にギチギチに縛りつけられていて、身動《みじろ》ぎするのも困難な状態だ。後ろ手に組まされて椅子に縛りつけられた腕はもちろん、足も一纏めにして足首から膝下まで頑丈そうな荒縄でぐるぐる巻きにされている。

それだけでも全身の骨がギシギシと軋《きし》むほど辛いのだが、拳を叩き込まれた鳩尾《みぞおち》あたりも吐き気がするほど痛む。暴力沙汰には不慣れだ。裏の商売に手を染める以上、いつこんな目に遭わされても不思議はなかったが、今まで用心に用心を重ね、慎重に取り引きを行うことで避けてこられていたため、自分は大丈夫だ、うまくやれると慢心してしまっていたかもしれない。

ステッキの硬い先端が顎から外され、里見は改めて目の前の男に目を向けた。

訛《なま》りの強い英語、ラテン系の特徴が如実《にょじつ》に出た容貌、仕立てのいいスーツをきっちりと身に着け、尊大な態度で威風を放っているところから、リトル・イタリーをシマにしているマフィアだろうかと推察した。

どこでどう利権が絡んでいるか、情報屋を雇って綿密に調べさせたつもりでも、漏れがなかったとは言い切れない。水面下で中国マフィアとイタリアン・マフィアが争っていたところに、うっかり里見が中国マフィアの便宜を図ってやるようなまねをしたため、対抗勢力側の報復を受けるはめになったのか。

やはり尾行されている気配を感じたのは気のせいではなかったのだ。

尾行は撒いたと安心していたが、撒くどころかホテルの部屋に先回りされていた。こちらが名乗る前から当然のごとく本名を知っており、これまでどういった取り引きをしてきたのかも調べ上げているようなことを言う。

最悪の事態だ。いったいどんな目に遭わされるのか、想像しただけで怖気が走る。

部屋にはステッキを持った男の他に、派手な柄物のシャツを着た髭面《ひげづら》の男が一人いた。半袖のシャツから筋肉隆々とした太い腕が伸びている。両方の腕にタトゥーを入れており、いかにも荒くれ者ふうだ。この男が里見を襲った二人のうちの一人かもしれない。髭面の男は壁に凭《もた》れ、抜かりのない目で里見をじっと睨《ね》めつけている。

「さぁて、我々のシマを荒らしてくれた落とし前をどうつけてもらうかな」

言葉つきは不気味なくらい穏やかだが、細く眇めた目はゾッとするほど陰湿で、動けない里見は全身の毛穴から冷や汗が吹き出すほど緊張した。

「知らなかった。あなたたちと敵対する意思は俺にはない。詫びを入れさせてもらえたら、今後二度と迷惑をかけるようなまねはしない。約束する」

「ほう」

里見の必死の弁明を聞いて、ステッキの男は興味を持ったように太い眉を上げ、目に僅《わず》かながらら愉快そうな色を湛《たた》える。

先ほどよりは若干眼光の鋭さが和《やわ》らいだが、何を考えているのか計り知れない恐ろしさは相変わらずで、まだ全く気は抜けない。里見にできるのは下手《したて》に出て相手の態度を少しでも軟化させることだけだ。このまま黙って殺されるのを待つほど里見は諦めがよくない。むしろ、金でもなんでも自分にできる限りのことをするから難を逃れたい気持ちでいっぱいだった。己の矮小《わいしょう》さは里見自身認めている。今さらかっこつける気はさらさらなかった。

「俺一人殺したところでなんの得にもならないし、俺はもう十分懲《こ》りているから痛めつけられなくてもあなたたちの言うことを聞く。今回の取り引きで稼いだ金はすでにあなたたちのほうで確保していると思うが、それだけでは不足だと言うなら追加で払おう。俺の金は俺が生きている状態でなければ銀行から払い出せない仕組みにしてあるから、早計な判断は慎んだほうがいい」

「おい、若いの」

ステッキの男は再び里見の顎を柄で擡げると、思い切り強く右頬を平手で殴打した。

痛烈な攻撃を食らって顔が横向きになる。頬は火を点けられたように熱を持ち、歯に当たった唇の端が切れて血が滲《にじ》み出す。一瞬意識が飛んで頭の中が真っ白になった。

「舐《な》めた口利いてんじゃないぞ。自分の立場、わかっているのか」

下から顎に穴でもこじ開けようとするかのごとくステッキをグイグイと押しつけながら恫喝《どうかつ》され、長めに伸ばしている髪を鷲摑《わしづか》みにされる。

「ジャップめ！」

男が里見を侮蔑《ぶべつ》的に罵《ののし》った直後、

「あーら、ブラスコ。いいのかしら、そんなこと言って」

と言う声と共にあちこち塗装の剝《は》げた扉が開き、膝丈のタイトスカートにハイヒールの女性がしなを作った足取りで入ってきた。

「ドーラ」

苦々しげに舌打ちして振り返ったブラスコは、ドーラの後ろに背の高い男がいるのを見るやいなや、うっと気まずげに表情を強張らせた。先ほどまで居丈高《いたけだか》だった態度がみるみる威勢を失い、媚と諂《へつら》いを含んだ卑屈《ひくつ》なものに取って代わる。新たに現れた男は、ステッキ男のブラスコより格上らしい。

それより里見は、ドーラを見て目を瞠《みは》った。

図書バーにいたラテン系のセクシー美女だ。胸元が大きく開いたフレンチスリーブのセーターに豊かなブルネットの巻き髪。見間違えようもない。跡を尾けてきていたのはこの女だったのかと、遅ればせながら気づく。電車で撒いたつもりだったが、女のほうが一枚上手だったらしい。

里見がバーにいる間見張っていて、その間に仲間がホテルの部屋に忍び込んだというわけか。

「この美人さん、最後にグラッパを一杯飲んでバーを出たのよ。とっても綺麗な飲み方で、好感度がアップしたわ」

ドーラはコケティッシュな微笑みを浮かべ、「さっきはどうも」と悪びれたふうもなく里見に片目を瞑《つむ》って挨拶《あいさつ》すると、閉めたドアに背中を預けて腕組みしている男を振り返る。

「ねぇ、奨吾《しょうご》。半分日本人のあなたとしては、同郷の美人さんが東洋人嫌いのブラスコにいいようにいたぶられるのを見過ごせないんじゃない？」

「誤解のないように言っておくが、俺はコンパニオーニ一家のコンシリエーレの立場にある者として、ボスの意向でブラスコが行き過ぎた暴行を加えないよう監視に来ただけだ。今はただでさえポリスの取り締まりが厳しくなっている。そんな中、殺人容疑でファミリーの幹部が挙げられるようなことにでもなれば、捜査の手は一家全体にまで及びかねない。たかが一匹狼のチンピラごときのために、ジョットが今進めている大口の取り引きにまで差し障《さわ》りが出たら、ブラスコ、次はおまえが手足を切断されてこの汚い地下室の床に転がされるはめになるぞ」

感情の籠《こ》もらない淡々とした声音で平然と冷酷無比なことを言う男に、ブラスコは青ざめつつも、よけいな口出しをしに来やがってと唾棄《だき》したそうにギリッと歯軋りする。

「つまり、ボスはこいつを死なせさえしなけりゃいいと言っているんだろう？」

開き直って言葉尻を捉えるブラスコに、半分日本人だという男は「そうだ」とあっさり頷《うなず》いた。

ドーラが冗談交じりに言ったような、同郷のよしみで里見の情 状 酌 量《じょうじょうしゃくりょう》を求めに来たわけでは全然なさそうだ。

むしろ、ブラスコよりこの男のほうがよほど無慈悲で残虐なのかもしれない。

一難去ってまた一難どころか、難儀《なんぎ》が倍にも三倍にもなった気がして、里見は兢々《きょうきょう》とした。

この男には金での懐柔《かいじゅう》やそれ以外の取り引きも通じそうにない。里見の勘がそう告げている。ブラスコだけならどうにかなった可能性はあったと思うが、この男が現れたことでいよいよ窮地に立たされた感が増す。

ドーラは面白そうに目を輝かせ、この場の成り行きを見守っている。里見の処遇に関して口を挟むつもりはないらしい。

ますます雲行きが怪しくなってきたが、ここで怯えを見せるのは悔しかったので、精一杯虚勢を張って、何が起きても屈しない覚悟でいるように装った。

ブラスコだけが相手なら、馬鹿めと心の中で罵りつつ、いくらでも下手に出てやってよかったが、端《はな》からそれが通じそうもない男に無駄に弱みを晒《さら》すのは、里見の矜持《きょうじ》が許さない。

里見は半分日本人だという男に最初から強い反発心を感じていた。

百九十近い長身に間物《あいもの》のスリーピースを着こなした、いかにもエリートふうの出《い》で立ちがまず癪《しゃく》に障る。腰の位置が高く、手足がすっと伸びていて、胸板は厚い。男らしく鍛《きた》えた体は文句のつけ所が見当たらないほど完璧なスタイルで、その上容貌が整っているとくれば、できすぎていて嫌味というものだ。きっちりと整えた黒髪は艶やかで、肌の色は健康的に灼《や》けている。瞳の色も黒く、非常に理知的で才気走った印象を受ける。有能で遣り手なのは、三十半ばにも届いていなそうな年齢で、マフィアのボスの相談役であるコンシリエーレという重職に就いていることか

らも察せられる。

なにより里見がこの男を受け入れがたく感じるのは、強い目力を持つ瞳で、瞬きもせずにじっとこちらを見据えてくるからだ。不躾で傲岸不遜《ごうがんふそん》で腹が立つ。油断すると魂《たましい》を吸い取られかねない危うさがあり、反骨心を持ち続けていなければあっさりと意のままにされてしまいそうで恐ろしい。誰かに従わされ、束縛を受けるのは里見が最も避けたいことだ。里見は徹底して抗う覚悟を決めた。

「だが、ブラスコ」

男はやおら扉に凭れさせていた背中を離すと、悠然と歩み寄ってきた。

目の前に立っているブラスコの中年太り気味の体がそれまで以上に強い緊張を帯びる。強がってはいてもボス直属のコンシリエーレを恐れているようだ。里見はニューヨークにシマを持つイタリアン・マフィアには明るくなく、コンパニオーニ一家がどの程度の規模かも知らない。それでも、ヤクザで言えば二次団体の親分クラスに相当するのであろうブラスコを易々と御《ぎょ》していることからして、このコンシリエーレはとにかくボスの信頼厚く、一家内で一目置かれている存在に違いないとわかる。

「ジョットが十時きっかりに書斎に来いと言っていた」

「十時？」

ブラスコは慌てて腕時計を見る。

「なんてこった！　すぐにでもここを出なけりゃまずいじゃないか」

「そうなるな」

男はブラスコには一瞥もくれず、しゃあしゃあと同意すると、里見の顔を手入れの行き届いた長い指で無造作に上向かせ、横柄《おうへい》なまなざしで見下ろす。

僅かに細めた目に、興味をそそられたような輝きが垣間見《かいまみ》え、ザワッと胸が不穏な予感に騒いだが、この場は毅然《きぜん》とした態度で見返すにとどめた。相手の出方を見極めるまでは、むやみに逆らわないほうがいい。己の首を絞めるようなものだ。

「ずいぶん気が強そうなじゃじゃ馬だな」

男は里見の顔から視線を逸《そ》らさないまま、感情の籠もらない声音でボソリと呟く。

俺は男だ、と反駁《はんばく》する気も起きず、何を考えているのか計り知れない男を目前にして瞬きするのも躊躇った。

「おいおい、よしてくれ。ひょっとして、そいつが気に入ったのか、シニョール」

「神津《こうづ》だ。俺の名は神津奨吾」

ブラスコを無視して男は里見に対して日本語で名乗った。

「俺をどうするつもりですか」

この男を信用する気にはなれなかったが、何か返事をしないわけにはいかない雰囲気で、仕方なく里見も口を開いた。神津の強い視線に威圧され、抵抗する気力をねじ伏せられていた。

「さて、どうするかな」

神津はにこりともせず、勿体《もったい》ぶった発言をしながら、すでに心は決まっているかのように迷いのない目をしていた。

「おいっ。いい加減にしろよ、神津」

せっかく捕まえた獲物を渡してなるものかと言わんばかりにブラスコが青筋を立てて噛みついてくる。先ほどとは違って揶揄《やゆ》する余裕はなくなったようだ。神津のほうに冗談めかした雰囲気がまるでないことに気づいたからだろう。

神津は頬の肉一つ動かさず、冷ややかなまでに落ち着き払っている。

「俺はジョットから、こいつの処遇はおまえに任せず俺の判断で行えと命じられてきた。疑うならジョットの書斎に行く前に今すぐ電話をかけて聞いてみたらどうだ」

そう言い切られてはブラスコも引き下がるしかなかったようだ。一幹部の身で気易くボスに確認の電話などかけられるはずもない。一家とは別枠の、ボスの盟友とも言えるコンシリエーレの言葉を疑うのは、ボス自身を疑うことと同義と見なされかねない。

「わかったよ。あんたの好きにするがいい」

本音は腹に据えかねて憤懣《ふんまん》でいっぱいになっているに違いなかったが、ブラスコは不機嫌そうにしながらも引き下がった。

これで少しは手加減してもらえるのか、むしろよけい酷い仕打ちを受けることになるのか、里見には判断がつかず、不安は少しも減らなかった。

神津が里見に向けた目は氷のように冷たく、酷薄《こくはく》なままだ。憐憫《れんびん》や同情など僅かも期待できそうにない。かといって怒りや不満といった負の気持ちを露《あらわ》にぶつけてくることもなく、人間らしい感覚を持ち合わせているのかどうかも疑問だ。この後どうなるのか予測するのが難しい。

「この不届きなよそ者がブラスコのシマで中国人共と勝手な取り引きをして、一家に損害をもたらしたのは事実だ。今日取り引きをするという情報を摑み、他人の家からチーズを盗みかけたネズミをまんまと捕獲した手柄はジョットも認めている」

「おう。……それで?」

さっきまで不愉快そうに顔を歪ませていたブラスコが、神津の言葉に少し機嫌を直す。疑り深そうな目つきが心持ち緩んだのが傍目《はため》にも見て取れた。

「ネズミはネズミでも、これだけ綺麗なら利用価値がある。こいつは日本のヤクザとも、中国マフィアとも無関係だとわかっている上、天涯孤独の個人事業主だ。表社会ではデイトレードで相当稼いでいたようだが、他人といっさい関わってこなかったようだから、アメリカから帰国せずに消えたところで誰も気づかない。気にする者もいないだろう」

「そのとおりだ」

「心配しなくても、今ここで報復は受けさせる」

「ほほう」

話がわかるじゃねぇか、と満悦した表情がブラスコの顔に浮かぶ。このまま里見に何もできずにボスの許へ行かされるのは不本意すぎて納得できなかったのだろう。

チラッと舌を出して唇を舐めるしぐさは虫酸《むしず》が走るほどいやらしく、里見は鳥肌を立てた。

嫌な、嫌な展開になってきた。

利用価値があるなどと嘯《うそぶ》くからには殺されはしないのだろうが、死にたくなるほど辛い目に遭わされる可能性が濃厚になってきた気がして、里見はギチギチに縛り上げられ、背中に回させられた腕を必死に踠《もが》かせた。

全身に汗をかいていて、肌に張りついたシャツの湿った感触が気持ち悪かった。

「このネズミは俺がもらい受けるが、その前においたをした罰だ。ブラスコ、向こうにいる男に腕の縄を解くよう言ってくれ」

「お安いご用だ。マルコ！」

両腕にタトゥーを入れた男が里見に近づき、後ろ手に組ませた腕だけを解く。

それだけでもずいぶん楽になった。

長時間不自然な格好で縛り上げられていた腕は血行が滞《とどこお》り、痺れて感覚がなくなっていた。

皺《しわ》だらけになったシャツの上から両腕を擦っていると、神津の目配せを受けたマルコが荒っぽく里見の右腕を掴み取り、再び背後に回させる。

「痛いっ」

肩関節が外れそうなほど強く腕を捻《ひね》られて、里見は悲鳴を上げた。

次の瞬間、あり得ない角度に無理やり曲げられた腕が、異様な音を立ててへし折られた。

脳髄を鋭く尖った錐《きり》で貫《つらぬ》かれたような衝撃と激痛が里見を襲う。

口を衝《つ》いて出たのは、自分自身耳にしたことのない咆哮《ほうこう》のような叫び声だった。

あまりの苦痛に毛穴という毛穴から脂汗が吹き出し、汗みずくになった。

「ああ……あ……っ」

ショックが強すぎて言葉を紡げず、里見は上体を椅子にぐるぐる巻きにされたままガクッと頭を項垂《うなだ》れさせた。ガタガタと震え続けて閉じられなくなっている唇の端からつうっと唾液が滴《したた》り落ちる。折られた右腕は自分のものではないようにぶらんと脇にぶら下がっていた。

「このくらいで勘弁してやれ、ブラスコ」

頭上で神津が、里見を全く気遣うことなく、ブラスコと話す声が聞こえる。

「このお嬢さんはこれから俺が躾け直す。腕のいい医者に去勢させて女にした上で、妻に迎えたい。今後いっさい手出し無用だ」

「おいおい、正気か。いくら見た目がいいからって、あんたも物好きだな」

「俺もそろそろ身を固めるようジョットに勧められていたところだ。しかし、本物の女はいろいろと面倒くさい」

「ちょっと、奨吾。言ってくれるじゃない？」

それまでおとなしく成り行きを見守っているだけだったドーラが不満げに合いの手を入れる。

男性器を切除されて、この傲慢で冷酷な男の妻にされる……。冗談じゃない。

里見は気が遠のきそうな痛みに喘ぎつつ、目をカッと見開いて絶句する。

せめて意識を失うことができれば楽だったが、それすら許されず、意識が波のように薄れたりはっきりしたりする中、里見は自分の意思では指一本動かせぬまま血の気が引く思いを味わわされていた。

Ⅱ

神津はアッパー・イースト・サイドの超高級マンションの最上階に居《きょ》を構えていた。ドアマンと警備員が二十四時間常駐する分譲物件で、エントランスホールは五つ星ホテルのロビーと比べても遜色《そんしょく》のない豪華さだ。

自ら運転してきたアルファロメオを車寄せに着け、エンジンをかけたままで、「お帰りなさいませ、神津様」と恭《うやうや》しく出迎えてくれたドアマンの一人に「駐車場へ」と指示する。

それから神津は助手席の里見に「降りろ」と命令した。

ここへ来る前に連れていかれた病院で骨折の手当てを受け、痛み止めを服用したおかげで少しは楽になっていたが、生まれて初めて利き腕を肩から吊るはめになり、気分は最悪だった。今逆らったところで事態が好転するとは考え難く、里見は仏頂面《ぶっちょうづら》で車を降りた。片腕だとバランスが取りにくく、まだ慣れていないため何をするにもぎこちなくなる。

「今日からここがきみの住む場所だ」

最上階に直行する専用エレベータに二人で乗り込んで、神津は有無を言わさぬ口調で告げる。

「二十階には俺の家があるだけだから人目につくことはない。当面、外出は禁止する。怪我が治るまでは部屋でおとなしくしていろ」

骨折は全治一ヶ月と診断されたので辛抱すればいい。

それより里見が気がかりなのは、去勢すると言われたことのほうだ。願わくば質《たち》の悪いジョークであってほしいが、神津を見る限り、里見を怯えさせ、からかっただけとは思えない。そんな生温い男ではないだろう。

男性器を切り落とし、代わりに女性器を造って人工的に女の体にされた挙げ句、性奴隷にされるなど、正気の沙汰ではない。せめて腕の怪我が治るまではそんな精神に変調を来《きた》しかねない施術はしないでもらいたい。利き腕は使えず、下半身まで成形されて寝たきりの生活を強《し》いられたら、本当におかしくなってしまいそうだ。

そのくらい聞き入れてくれてもいい気がするが、しおらしく頼んでみたところで、神津はそう簡単に情にほだされる男ではなさそうだ。精一杯従順な振りをして、尽くせるだけ尽くし、少しくらい譲歩してやってもいいと思わせるしかないだろう。こんな身勝手で横暴な男の気に入るように振る舞うのは屈辱だが、背に腹は代えられない。

まずは時間を稼ぐことだ。その間に神津の目を盗んで逃げ出す手筈を整える。

外出はできなくても、インターネットにアクセスすることができれば、力になってくれそうな人間は世界のあちこちにいる。このニューヨークにもむろん当てがあった。

まだ諦めたり絶望したりする必要はない。

高速エレベータはあっという間に二十階に着いた。

短い通路があって、立派な門付きのエントランスが設けられている。門扉《もんぴ》の開閉も、続く玄関の両開きの扉も、神津の持つカードキーと顔認証システムの二重セキュリティで守られており、これではヒットマンも手出ししようがないと思われた。窓ガラスは全て防弾になっていると言われても驚かない。

「豪勢なところに住んでいるんだな」

神津が占有する面積は途方もなく広かった。全部で何部屋あるのか知らないが、玄関ホールからして圧巻だ。総大理石張りの床は滑って転びそうなほど艶やかに磨《みが》き上げられており、天井は通常のマンションの倍近く高い。そこから吊り下げられたシャンデリアはおそらくバカラかどこかのクリスタル製に違いなく、それなりに裕福な暮らしをしてきた里見も圧倒された。

神津は自宅をひけらかすつもりは毛頭《もうとう》なさそうで、さっさと大股で歩いていく。

「家の中はいくらでも好きに見て回ってかまわない。ただし、明日以降だ」

パーティールームと呼んでも差し支《つか》えないほど広々とした客間や、プレイルーム、シガールームといったパブリックスペースを足早に通り過ぎつつ神津はそっけなく言う。負傷している里見を気遣って歩調を合わせるような配慮はいっさいなしだ。常に自分のペースで行動する。

神津に優しさなど端から求めていないし、里見自身どちらかといえば利己的な人間なのでべつに不服はないが、こういう男がなぜ里見を家に連れてきて妻代わりにしようなどと思いついたのか、その気まぐれぶりが不可思議だった。

元来、神津は一人が好きな人間なのではないかと里見は勝手に推察していた。ホテルのように整然とした、どこかよそ行き顔の家を目にして、その推察はあながち間違っていないのではと思った。体裁《ていさい》だけは調っているが、ここにはめったに人を呼んだりしないのだろう。他人を深入りさせない雰囲気が神津の全身から発されている。それは神津の立ち位置からも窺《うかが》えた。マフィアと密接な関係にあっても、コンシリエーレはボスとだけ繋がった特別職だ。ファミリーの一員というよりオブザーバーのようなもので、独立した立場にある。

十人掛けの食卓が据えられた食事室の横を過ぎた辺りから、家人がプライベートで使用する部屋が連なりだす。

居間と図書室が一続きになった部屋、書斎と思しき鍵の掛かった部屋。

その書斎らしき部屋の隣にある扉を神津が開けて、里見を振り返る。

「ここだ。入れ」

そこはキングサイズのベッドが据えられた寝室だった。

ベッドの他にはコンソールテーブルや飾り棚があるだけで、文字通り寝るためだけの部屋のようだ。

「左手の曇りガラスのドアの先は、ユニットバスだ。ちゃんとした浴室は他にある」

神津の口から部屋の説明をする言葉がようやく出たが、里見はまともに聞いていなかった。キングサイズのベッドを嫌なものを見る目で凝視し、渋面になる。

「……まさか、今夜からこの部屋であんたと一緒に寝なきゃいけないなんて言わないよな？」

里見は神津に視線を転じ、嫌悪も露に睨み据える。

しかし、神津は里見のささやかな抵抗など意に介したふうもなく、さらっと返事をする。

「当然そうしてもらうことになる」

なにを今さら、と言わんばかりだ。物わかりの悪い部下に辟易《へきえき》したかのごとく冷ややかなまなざしを向けてきて、微かに眉根を寄せさえした。

「ふざけるな。俺は怪我人だぞ」

実際に暴力を振るったのは別の男だが、命じたのは神津だ。怪我を負わせた張本人が目の前で平然とした顔をしている状況に、里見は許せなさを覚えた。

易々とこんな男の言いなりになってたまるか、と反発せずにはいられなくなる。

「それに俺は男だ。あんた男とヤルつもりか。この……っ」

変態、と罵倒《ばとう》しかけたが、里見は寸前で言葉を呑み込んだ。

ここでそんなふうに言えば、神津は明日にでも里見を形成外科に連れていき、女に改造する手術をさせるかもしれない。そんなことになればもう一生取り返しがつかなくなる。それだけは絶対に嫌だった。世の中には望んでそうする人がいることは知っているし、そういう人たちを奇妙だとは感じないが、里見は一ミリたりとも女になりたいとは思っていない。女装して、そうとも気づかず間抜け面《まぬ》を晒す男共を心の中で嘲笑《あざわら》い、弄《もてあそ》ぶのは好きだが、それは自分は男だという確固とした意識があるからこそ愉《たの》しめるゲームだ。

女にされるくらいなら、男のまま神津に抱かれるほうがまだましだ。神津が男の里見を抱くのも悪くないと思ったら、施術する日にちを引き延ばしやすくなる。あれも嫌、これも嫌と片っ端から突っぱねていられる状況ではないと、自分が置かれている立場を顧《かえり》みる。不本意ながらここはいったん神津の言いなりになっておくべきかと考えを改めた。

里見は男としたことはないが、神津はできるらしい。里見を見る神津の目には欲情の兆《きざ》しも窺えず、冷静そのものだが、その気になればすることはするのだろう。こういうすかした男がセックスの際にはどんなふうになるのか、知りたくはある。男の尻の穴に突っ込んで息を荒げながらみっともなく腰を振る神津など想像もつかないが、そんな姿をもし見られたら、心の中で神津を侮蔑して少しは溜飲《りゅういん》を下げられそうだ。

憤懣をぶつける途中でいきなり言葉を途切れさせ、ぐっと黙り込んだ里見を、神津は何もかも見透かしてしまいそうな鋭い目つきで見据える。

「恩を売るつもりはないが、俺がきみを去勢して妻にすると言わなかったら、今頃きみはブラスコにありとあらゆる拷問をされた挙げ句、襤褸《ぼろ》雑巾《ぞうきん》のようにスラム街に打ち捨てられていた。腕一本ですんだことを感謝されてもいいくらいだが」

「大きなお世話だ。女にされるくらいなら、のたれ死んだほうがマシだった」

頭では憎まれ口は慎むべきだとわかっていたが、神津の恩着せがましい言い方がどうしても気に食わず、つい突っ張った態度を取ってしまう。

「ブラスコもそう思ったから引き下がったんだろう」

神津は里見に突っかかられても痛くも痒くもなさそうに落ち着き払っている。

「悪趣味の極みだ。その上、あんたは男のままの俺ともやっておくつもりなのか！」

「どちらかといえば俺は男のほうが好みだ」

「だったら……！」

このままでいいだろう。去勢なんてやめてくれ。そう懇願したかったが、跪《ひざまず》いて縋ったところで神津が聞き入れるはずもなく、氷のように冷ややかなまなざしをくれられるのがオチだと思うと、またもや最後まで口に出せなかった。

「手術をしたら傷が癒えるまでセックスはお預けだ。その前に一度抱いて確実に俺のものにしておく。拒絶するなら縛りつけて犯す。幸いきみは利き腕が折れていて、たいして抵抗できない。それでも面倒なときは、足をどちらか一本折ってさらに動けなくしてやるが、そこまで手間をかけさせるなら相応の覚悟をしておけ」

神津はいかにも良識がありそうな紳士面をしていながら、平然と凶暴なセリフを吐く。

口先だけではなく、すると言ったらしそうな恐ろしさを感じ、里見は顔を引き攣《つ》らせた。

里見を脅して怯《ひる》ませた神津は、スーツの上着を脱いで腕に掛け、壁の一方を占拠する二つ折りの扉を押し開けた。扉の先はウォークインクローゼットだ。ずらりとハンガーに吊されたスーツが見える。いずれも最高級の誂《あつら》え品であることが、生地の光沢やラインの美しさから推《お》し量れる。ネクタイや靴、きちんと折り畳まれたワイシャツ等々、紳士服専門店の陳列を思わせる完璧な整理整頓ぶりで、神津の几帳面な性格を表しているようだった。

上着とネクタイを取った姿で神津はすぐにクローゼットから出てきた。

ワイシャツの袖口を留めていたカフリンクスも外されている。髪も手櫛で軽く崩されており、夜のプライベートタイムに入った男の色香が、胸板の厚い惚れ惚れするほど立派な体から放たれている。

すっと高い鼻梁《びりょう》に力強い眉、シャープな顎のラインと、神津の彫りの深い顔立ちには西欧人の特徴が顕著《けんちょ》に表れている。とにかく目の持つ力が凄くて引き込まれる。

つい視線を逸らせずにいると、神津が仏頂面で話しかけてくる。

「俺の顔が珍しいか」

「……半分日本人だって、あいつが言っていたようだけど」

じっと見つめてしまったことにバツの悪い心地を味わいつつ、里見はふて腐れた顔で聞く。

「父親が日本人、母親はイタリア系アメリカ人だった」

答えないかと思っていたが、神津は隠す気はなさそうに教えてくれた。

「だった、って今は縁を切っているってことか」

この際どういう男かもっと知っておきたくなって、問いを重ねた。

「両親はずいぶん前に離婚した。俺はどちらとも十年以上会っていない」

「あんた、何歳だ」

「三十二だ。さぁもういいだろう」

神津はこれ以上質問は受け付けないと言わんばかりに厳しい調子で話を切り上げると、ベッドに向かって顎をしゃくり、「上がれ」と命令した。

逆らうことを許さない口調と、背筋が凍りそうな冷徹なまなざしに気圧《けお》され、里見はベッドの縁に腰掛け、靴を脱いだ。

骨折の治療を受けたあと、ワイシャツの代わりに医院に準備されていた安物のTシャツを着用した。その上にスーツの上着を左腕だけ通して羽織っている。ホテルの部屋に置いてきたはずの里見の上着だ。どこでどう回収されたのか、医院で着せかけられた。右腕はギプスで固定されているため、当面きちんとした格好とは無縁だ。

上着を床に落とし、足を上げて靴下も脱ぐ。

慣れない左手でベルトを外していると、目の前に神津が立ちはだかり、ハッとして顔を上げた途端、肩を押されてベッドに仰向けに倒された。

不意打ちを食らって、うわっと声を上げそうになったが、硬めのスプリングが背中に当たるより先に貪るように唇を塞がれ、その隙も与えられなかった。

神津は脚の間に膝を入れてのし掛かってくると、里見の顎を砕けんばかりの指圧をかけて摑み取り、正面を向かせる形で固定して荒々しく唇を貪る。

啄《ついば》まれ、強く吸われ、堪《たま》らず喘ぐと僅かな隙間をこじ開けて舌を捻り込んできて、口腔《こうこう》を舐め回される。

「い、いや……だっ、ううっ……う、うっ」

身を捩《よじ》って抗い、左手で神津の肩や胸板を叩いたり押したりして自分の上からどかせようとするが、元々体格差があるのに腕一本しか使えないのでは話にならない。

難なく左手もシーツに縫い留めるように押さえつけられ、嫌がったのを罰するように搦《から》め捕《と》った舌を痛いくらいに強く吸引された。

「ああ、あっ！　んんっ」

舌の根を引き抜かれるのではないかというほど乱暴にされ、里見は目尻に涙を滲ませ呻いた。飲み込み損ねた唾液が唇の端から零《こぼ》れ、顎を濡らす。男に唇を奪われ、口の中を掻き混ぜられるという初めての経験に頭がついていかず、気持ちも動転する。知らず知らず身を強張らせてしまうのでつい呼吸が止まりがちになる。苦しさに脚をばたつかせ、顔を背けて口を離そうとあがいても、顎を押さえつけた神津の指は万力《まんりき》のように緩まず、ビクともしない。

「もう、やめて」

「まだだ」

舌を解かれた隙に短い言葉で必死に頼んだが、神津は一顧《いっこ》だにせず、すぐまた濡れそぼった唇を重ねてきて、舌を捻り込んでくる。

「ふうう……っ、うっ」

舌に載せて流し込まれてきた唾液を嚥下《えんか》させられる。

弾力のある舌が上顎の裏や舌の付け根をまさぐり、粒の揃った歯を舐め回すのを、里見は左手の爪をシーツに立てて耐えた。

行為自体は荒っぽいのに、神津は恐ろしくキスがうまかった。

どこをどうすれば里見を感じさせ、抵抗心をなくさせられるのか心得ているかのごとく巧みで、粗野《そや》に貪ったかと思えば宥《なだ》め賺《すか》すように優しくする緩急のつけ方が上手で、最初は嫌だとしか感じなかったキスに次第に慣らされてきた。

そのうち、頭の芯が心地よさで麻痺し始め、脳が快感だけを拾い集めだすと、自分からも舌や唇を動かして応えてしまっていた。

相手が男だとか、これは強姦だという抵抗心や反発心は徐々にどこかへ押しやられ、与えられる感覚に対処することで手一杯になる。

いつの間にか顎を押さえつけていた指は離されており、Tシャツを捲り上げられ、裸の胸に手のひらが這い回りだしても、ろくに抵抗できなくなっていた。

「ああっ、だ、だめだ。……あ、嫌っ！」

乳首を摘《つま》み上げられ、指の腹で磨り潰すように擦ったり、引っ張られたりするたび、自分のものとは認め難い嬌声《きょうせい》が口を衝く。

「男のくせにずいぶん感度がいい」

神津は里見の弱みを見つけ出してまんざらでもなさそうだった。

しまった、と後悔するが、体の反応は隠せない。たとえ声を押し殺したとしても、神津には里見が乳首を弄《いじ》られるたびに淫らな快感を得ていることが悉《つぶさ》にわかるだろう。

時間をかけて里見の官能を引きずり出した深く濃密なキスの余韻が尾を引いているのか、どこもかしこもちょっと触れられただけで敏感に反応する。全身が淫らに熟して火照《ほて》っており、体の奥深くに生じた疼《うず》きを持て余す。これをどうにかしてほしいという、なりふりかまっていられない欲求が、羞恥や屈辱を凌駕《りょうが》する。今なら何をされても甘んじて受けてしまいそうだ。

「あぁう……、噛むなっ、噛むな！　ひうっ」

充血して硬く膨《ふく》らみ、恥ずかしいほど突き出した乳首を吸われ、歯を立てて噛まれると、全身に電気を通されたような刺激が走り、のたうたずにはいられない。

「あ、ンンッ。いや……やめろ、痛いっ」

凝《しこ》った肉芽を唇に挟んで強く引っ張られたり、舌先で抉《えぐ》るように擽《くすぐ》られ、嬲《なぶ》られるのにも惑乱するほど感じてしまう。

いやらしく濡れて突き出した両の乳首が腫《は》れたように膨らみ、舌先で擽られただけで「ひいっ」

と情けない声を上げて顎を仰け反らすようになると、神津はようやくそこにかまうのをやめた。

「嬲り甲斐《がい》のある乳首だな」

「男の乳首にかまう女とはヤッたことがなかった」

馬鹿にされた気がして、里見はムッとして言い返した。

「征爾、きみはもう俺のものだ。俺がどういう行為をしようと、きみはおとなしく体を投げ出して、いつ何時でも素直に脚を開くしかない」

神津は出来の悪い生徒に説教をするような面白みのない口調で淡々と言う。

普段誰からも下の名前で呼ばれることがないため、神津に呼びかけられたとき一瞬何が起きたのかわからないほどの違和感があった。

馴《な》れ馴《な》れしい。誰がそんなふうに呼ぶことを許した。

名前で呼ばれると征服された心地が増し、里見は受け入れ難かった。今まで神津にされた仕打ちの中で、一番屈服感を味わわされた気がする。

ギリッと歯嚙みして、負けるものかと神津を鋭く睨む。

「調子に乗るなよ、このゲス野郎が」

ピク、と神津の頬肉が引き攣った。

里見に口汚く罵られて少なからず気分を害したに違いなかったが、神津の恐ろしさは、声を荒げるでもなく、折れた腕をさらに痛めつけようとするでもなく、フッと口元を綻ばせて嗤《わら》いを浮かべたところにあった。

里見の全身をサッと緊張が駆け抜け、鳥肌が立つ。

「きみが俺を罵倒すればしただけ後悔させてやらねばならなくなる。たとえば、その感じやすい乳首をもっと敏感にしてやって、ブラジャーなしではシャツを着るのも辛いようにするとかだ」

「ばかばかしい。やりたきゃやれよ」

自分の胸がそんなふうになるとは想像もつかず、里見はやれるものならやってみろと精一杯虚勢を張った。本音は神津の不気味なまでの落ち着き払いぶりに恐れを感じずにはいられなくなっていたが、ここで折れるのは矜持が許さない。

神津は刃向かう里見にいちいち取り合う気はないと言わんばかりに口を閉ざすと、脇の下まで捲り上げさせていたTシャツを里見の体から剝ぎ取った。

左腕と首を先に抜かせ、右腕にはほとんど負担をかけることなく器用に脱がせる。こうした配慮は普通にするらしい。意外だった。容赦なしかと思えば、気まぐれのように優しさも示す。よくわからない男だ。

里見の胴を跨《また》ぐ形で両脇に膝を突いた神津はワイシャツの袖を無造作に二つ折りにして肘まで捲り上げただけで、自分は脱ぐ気はなさそうだ。

昂奮の兆しも窺えない表情、態度が里見を戸惑わせる。神津はいったいどこまで本気なのかと訝《いぶか》らずにはいられない。神津は男のほうが好きだと言うが、里見を抱くのは欲情したからではなく、既成事実を作っておく必要があるからという義務に近い行為のようだ。

神津にしても好きで里見を抱くわけではないのだろう。

これは報復目的の陵辱《りょうじょく》なのだ。

最初からそうとわかっていたはずじゃないかと里見は唇を噛み締めた。

執拗《しつよう》で激しかったキスや、里見の反応を愉しむように乳首を弄り回していたことも、里見を翻弄し、辱《はずかし》めるためだったのなら、よけいな手間をかけさせて悪かったなと心の中で嫌味たらしく悪態をつく。里見を喘がせて自分自身をその気にさせるつもりだったのだとすれば、目論見通りにうまく性欲を高められたふうには見えない。ざまぁみろだ。

しかし、強気でいられたのはそこまでだった。

里見は神津を男としていささか甘く見ていたことを、間もなく身をもって思い知らされるはめになった。

途中まで外しかけていたベルトを引き抜かれ、スラックスを下着ごと下ろされる。

セックスになどたいして興味なさそうな顔をしているくせに、神津は明らかに慣れていた。

あっという間に全裸にされて、脚を左右に大きく割り開かれる。

膝裏に両手を掛けて深々と体を二つ折りにさせられ、あられもない姿勢を取らされた。

腰がシーツから浮き、尻を上向きにされる。恥ずかしい部分が丸見えになっているのがわかり、里見は動転した。

「嫌だ、こんな格好」

どこをどう使われるのか頭では理解していたが、いざとなると怖じ気づく。次に何をされるか予測がつかず、目を閉じることもできずに身を硬く強張らせる。

「初めてか」

間近から里見を見下ろして神津が低めた声で問いかけてくる。場繋ぎのように里見に聞きながら、腕を伸ばしてベッドサイドに置かれたチェストの引き出しを開ける。

「当たり前だ。誰が男なんかにさせるものか」

負けず嫌いが頭を擡げ、精一杯意地を張る。初めてだが怯えてなどいない振りをする。弱みを晒して神津をつけ上がらせてなるものかという気持ちだった。

開かされた脚の間には神津が胴を入れていて、里見の剝《む》き出しの下腹部に神津の下腹が密着していた。硬く張り詰めた陰茎がスラックス越しに当たっているのがまざまざと感じ取れ、遅まきながら里見は神津が昂《たかぶ》っていることに気がついた。

いつの間に……！　愕然《がくぜん》とする。

しかも、大きい。こんなもの女だって嫌がるに決まっていると怖じけづいた。

「たびたび女装して取引相手の男共を誑《たぶら》かしていたというから、てっきり男を銜《くわ》え込むのもお手のものかと思っていたが」

神津は嫌味とも純粋に意外に感じているだけともつかぬ口調で言い、パッケージに入ったままのスキンの端を唇に挟む。

ファスナーを下ろす音が聞こえ、その生々しさ、卑猥《ひわい》さに里見はいっそう体を緊張させた。

あえて目を背けていたが、同じ男なので、衣擦《きぬず》れの音や二の腕の僅かな動きから、神津が股間を寛げ、張り詰めた陰茎を窮屈な場所から取り出し、手で何度か軽く扱《しご》いてさらに硬度と嵩《かさ》を増すように仕向けたのが、見ているかのごとくわかった。

準備が調うと、神津は銜えたままにしていたパッケージを歯を使ってピッと破り、慣れた手つきでスキンを装着した。

認めるのは癪だがゾクゾクするほど色っぽい。経験豊かな男のしぐさに、里見はあろうことか官能を刺激され、小さく喉を上下させていた。

体の芯がじわじわと火で炙《あぶ》られたように熱くなり、脳髄もおかしな具合に痺れてくる。

さんざんキスや愛撫をされたせいで、体が変になっているとしか思えない。こんなのはおかしい、本来の自分ではないと否定しながらも、体は昂揚《こうよう》していく一方で、自分ではどうすることもできなかった。

もしかすると自分にも男とセックスして燃えられる素地があったのか。この思いがけない体の反応はそうとしか考えられず、愕然とする。ショックはショックだったが、女装して男を手玉に取っていたときにもボディタッチなどの際どいことを嬉々《きき》としてしていたので、全く心当たりがないわけではなかった。

「初めてとは計算外だ。仕方ない。今夜のところは挿《い》れるだけで勘弁してやる」

神津は無理やり犯して里見に怪我をさせる気はなさそうだ。それでは自分も愉しめなくてつまらないのだろう。かといって情を感じさせるような言い方でもなく、里見には神津が何を考えているのか相変わらず摑めない。

里見の腰を抱え直した神津は、スキンと一緒に引き出しから取ったローションのボトルを片手で開けると、揃えた指の上にたっぷりと垂らした。

「ひっ」

粘性の強いローションをキュッと窄《すぼ》んだ秘部に指でまぶされ、経験したことのない感触に尻を震わせる。

神津は躊躇う素振りもなく襞《ひだ》をこじ開け、骨張った長い指をググッと狭い器官に差し入れてきた。

「あああっ」

外から無理やり侵入してきた指が強引に筒を広げて埋められてくる感覚の異様さに、里見は乱れた声を放って身動いだ。

「痛くはないはずだ」

確かに、太股にまで滴るほど施されたローションのおかげで、指は滑るように入ってきた。付け根まで含み込まされると、その指を中で小刻みに動かされる。

「あ、ひぃいっ、嫌だ。嫌っ。待って……！」

ぬぷぬぷと卑猥な湿り音をさせて抜き差しされ、里見は惑乱して叫んだ。

「尻の穴を締めるな。力を抜け」

そんなことを言われても、初めてのことですぐには要領が摑めず、動転しているせいもあって、つい力んでしまう。

再三再四《さいさんさいし》、緩めろと叱咤され、そのときだけ従うことを繰り返す。

神津は辛抱強く丁寧に里見の秘部を慣らし、二本揃えた指より太くて長いものを挿れても大丈夫なくらいにまで解した。

さんざん喘がされて、息を乱した里見の後孔に、神津の猛った硬い先端が押しつけられる。

中指と人差し指を束ねて穿《うが》たれたときでさえ、圧迫感と奥を抉られる違和感に苦しめられたのに、神津の陰茎は指二本とは比較にならないほど大きい。

「やっ、嫌だ。無理……っ、そんなもの挿《はい》らないっ」

「黙れ」

口では恫喝しながらも、神津は恐慌《きょうこう》を来しかけた里見の唇をやんわりと啄み、力強く真摯《しんし》なまなざしで瞳を覗《のぞ》き込んでくる。

「これを全部受け入れたら許してやる。傷つけられたくなかったら息を吐いて尻の穴を緩めろ」

さらに耳の傍《そば》で強引かつセクシーな声を聞かされ、里見は「ひっ」「ひぃっ」と小刻みに喘ぎながら、他にどうする術もなく言われたとおりにしていた。

濡れそぼった窄まりの中心にズプッと先端が突き入ってくる。

「くううっ、あ、あぁあっ」

内壁をしたたかに擦り立てつつ奥へ進んでくる剛直に、里見は堪《こら》えきれずに悲鳴を上げて上体をのたうたせた。腰から下は神津にがっちりと押さえつけられていて動かせない。背中を仰け反らせ、髪が乱れるのもかまわず首を左右に振りたくった。

苦しさだけならばもっと耐えられたが、そこに味わったことのない淫靡《いんび》な感覚が混じり、官能を揺さぶられると、どう対処すればいいのかわからず、やり過ごせない。

折れていることも忘れ、ギプスで固定された右腕を無意識にシーツに叩きつけかけたところ、神津にすかさず止められる。

「おとなしくしていろ」

里見の右肩をシーツに押さえつけ、神津は容赦なくズンと腰を入れてきた。

「きひぃぃっ！」

里見は今まで出したこともない獣じみた声を放ち、高々と撥《は》ね上げた顎を震わせ、左手でシーツを引き摑んだ。

深々と貫かれた陰茎が里見の狭い筒をみっしりと埋め尽くしている。

根元まで受け入れさせられたことは、陰嚢《いんのう》や恥毛が尻に当たる感触でわかる。

「抜いて、苦しい。なぁもういいだろう。抜けよ」

情けないことに里見は早々に泣きを入れた。

胃が口から飛び出しそうなほど苦しく、額の生え際に脂汗が滲み出る。少しでも腰を動かすと奥深くまで入り込んだ神津のものを意識して取り乱してしまいそうだった。神津が約束を破って中に突き入れた剛直を僅かでも動かそうものなら、壊されてしまうと本気で怯えた。

「頼むから抜いて」

「だめだ」

屈辱にまみれながら耐えて下手に出たにもかかわらず無情にも突っぱねられて、里見は頭に血を上らせた。

カッとなって、左手で神津の頬をバシッと思い切り張り飛ばす。

今日一日で精神的にも肉体的にも里見はかつてないほど追い詰められ、心の余裕をすっかり失っていた。感情を抑えて冷静に振る舞うのが困難で、後先考えられずに神津にぶつけてしまう。

しかし、利き手でないのでたいして力が入らず、神津は顔を顰《しか》めもしなかった。里見に手まで上げられても怒った様子もなく、落ち着き払っている。殴られたからといって仕返しに暴力を振るう気はないようだ。怪我をさせて女の代わりに腹の下に敷き込んでいる里見を、元々男として対等に見ておらず、だから相手にしないだけかもしれない。

「辛いか。跳ねっ返り」

悪びれた様子もなく、からかうように聞かれ、里見は意地を張らずに頷いた。

神津を殴ったことで我に返り、逆に頭が冷えて昂っていた神経が波が引くように落ち着き、これ以上抵抗する気力を奪われていた。

「そうだろうな」

神津は唇の端を上げてクールに笑うと、これまで見せたことのない情の深い目をして里見の心をドキリとさせ、不意を衝くように軽く口を吸ってきた。

秘部を深々と貫かれた状態でキスされると、中で剛直が角度を変え、内壁を擦る。

「……っ、ふっ……ん」

痛みとは違う淫靡な刺激が背筋を駆け上がってきて、里見は呻かずにはいられなかった。下腹部にもジュンと熱いものが込み上げる。

「抜くから、緩めろ」

唇を離すと、神津は今度はあっさり抜くと言う。

むろん里見に否はない。今さらながらに取り乱したことをバツが悪く思い、神津の顔から視線を逸らし、できるだけ体から力を抜くように心がける。

神津がゆっくりと腰を引いていく。

「ううっ」

抜かれるときにも淫らな感覚に翻弄され、里見ははしたなく悶《もだ》えっぱなしだった。

ローションの助けを借りているせいか、ギチギチに内壁を擦られても苦痛はあまり感じない。しばらく神津の大きさに筒が馴染《なじ》まされていたせいもあるだろう。

「ああ、あ。んっ！」

気がつくと、里見は左腕を神津の背中に回して縋りついていた。

なんでもいいから掴まっていなければ、感じさせられすぎて自分が自分でなくなりそうな心許なさがあり、恨めしいはずの男を瞬間的に頼っていた。

ハッとして慌てて離したが、神津は里見を揶揄も冷やかしもしなかった。

神津は猛ったままの陰茎を抜くと、シーツに四肢を投げ出してぐったりとしている里見の体に布団を着せかけ、自分はユニットバスを使いに行った。

ほとんど乱れていない着衣のままの後ろ姿を、枕に頭を埋めたまま見送る。

すっと姿勢よく伸びた背中にも色気が満ち満ちていて、里見は思わず口元を手で押さえていた。

あの男とさんざんキスをしたのだと、今さらながら反芻《はんすう》する。

舌も絡めたし、唾液も飲まされた。

挙げ句、あの男の体の一部が、先程まで体の奥に穿たれていた。挿れただけで動かされはしなかったが、今もまだ、太くて硬い凶器のような肉棒が奥に挟まっている錯覚が残っている。強引に押し開かれた内壁も熱を孕《はら》んで疼いている気がした。

なぜこんなことになってしまったのか。

里見は今日一日のうちに激変した己の身の上が、まだ全然実感を伴って理解できていなかった。

今夜神津は、里見を自分の妻にすると言った言葉のとおり、里見に手をつけた。

明日はきっと最後までするのだろう。

そして早ければ明後日か、もしくは一週間ほどしてからか、頃合いを見ておぞましい手術をさせるつもりなのだ。それまでに里見が逃げ出せる可能性はとてつもなく低い。神津の情に訴えられない限り、手術を回避するのは難しそうだ。

そこから先はもう考えたくもなかった。

不安は尽きないが、闇雲《やみくも》に気を揉んだところでどうなるわけでもない。里見は己に言い聞かせ、なんとか気持ちを落ち着かせた。

ペールトーンのグリーンの磨《す》りガラスで仕切られたユニットバスルームから、シャワーの音が微かにし始める。

さらさらとタイルを打つ優しい水音が、いつしか心地よい音楽に聞こえだし、里見は誘い込まれるように眠りに落ちていた。

＊

里見はめったに夢を見ない。

見ても覚えていない。何かから必死に逃げて、『ああ、違う。これは夢だ。起きればいい』と夢の中で思い、目を覚ます。すると、起きればいいと思ったことだけ覚えていて、どんな夢を見ていたのかはいくら思い出そうとしても難しい。ものすごく漠然《ばくぜん》と、焦《あせ》らされる夢だったとか、恐ろしい夢だったという程度にしか記憶に残っていない。いつもそうだ。

大の男が三人川の字になって寝られそうなキングサイズベッドの端でいきなり目覚めたときも、嫌な夢を見ていたようだという疲れた感覚だけが頭の隅に残っていた。

縁にシンプルなモールディングが施された折り上げ天井も、中央に嵌《は》め込まれた丸型の蛍光灯も初めて目にするもので、一瞬里見は自分がどこにいるのかわからなかった。年中世界のあちこちに出掛けては、ホテルからホテルへと泊まり歩くことが多いので、たまに起き抜けのときなどに記憶が錯綜《さくそう》しがちだ。もちろんすぐに思い出し、現実に立ち返る。

この馴染みのない部屋で寝ている経緯も立ち所に理解した。

昨夜は最悪だった。夢だと言われても不思議はないほど波乱に満ちており、不安と恐怖をこれでもかというくらい味わわされた。

夢などではなかったことは、ここが神津のマンションの寝室だと気づくと同時に承知していた。

右腕はギプスでがっちりと固められていてろくに動かせない。なにより、普段は排泄にしか使わない器官にありがたくない違和感が残っている。無理やり押し開かれ、しばらくの間あの男の大きすぎる男根を収めさせられていたせいで、秘部が腫れたように疼く。その鈍い痛みが里見に昨夜味わわされた屈辱の記憶をぶり返させた。

白い天井を見上げながら、今は何時だ、とぼんやり考える。

起きなくていいなら起きたくない。立って歩きたくなかったし、どうせすることもない。

傍らには神津が寝た形跡がくっきりと残っているが、脚を行儀悪く伸ばしてシーツをまさぐっても温もりは僅かも感じられず、彼がベッドを下りたのはずいぶん前だとわかった。

少しでも体を動かすと、蹂躙《じゅうりん》された奥に神津の陰茎が今も穿たれているような生々しい感覚が蘇《よみがえ》る。右腕が使えないので上体を起こすのも億劫《おっくう》だ。

目覚めてから三十分近くベッドの中でぐずぐずしていたが、そのうち空腹を感じてお腹がはしたなく鳴り始め、仕方なしに起きた。

ベッドサイドチェストの上に電波式のデジタル時計が置いてある。

十時半を過ぎているのを見て、そんなに寝ていたのかと我ながら驚いた。

いつもなら遅くとも七時には起きて一日を始めている。しかし今は、里見の手元には携帯電話すらなく、世間から完全に隔離された状態だ。株価の変動が気がかりだったが、それももうどうでもいいことだとすぐに開き直った。あれもいずれ、神津のものになるのだろう。それまでにうまく株価が上がっていればの話だが。悔しいので、いっそ暴落して紙屑同然になればいい。

そんなことをつらつらと考えながら、里見は全裸のままユニットバスルームのガラス扉を開けて中に入った。

ユニットバスと言うからもっと狭くて簡素な設備を想像していたが、さすがは高級マンション、一般的な住居のバスルームと変わらない広さがある。トイレも最新式のスタイリッシュなシステム便座だった。

そこで用を足して、浴槽に入ってシャワーを浴びる。

ご丁寧に、洗面台に造り付けられた棚に、ギプスを濡らさないように腕に嵌めるビニールまで用意されていた。細やかに気の回る男だ。だからこそ、マフィアのボスにも重用《ちょうよう》されているのだろう。

左手だけで髪まで洗って、壁のフックに掛けてあった使用された形跡のないバスローブを羽織って浴室を出た。

寝室に戻ってみると、きちんとメイクし直されたベッドの端に神津の姿があって、里見はギョッとしてその場で足を止め、身を強張らせた。よもやこのタイミングで神津といきなり顔を合わせることになるとは想像しておらず、不意打ちに遭った心地だった。心臓に悪い。

神津はスリーピースの上着を脱いだ姿だった。すでに一仕事片づけてきたかのような堅苦しさで、一分《いちぶ》の隙もない。十時過ぎまで眠り込んでいた里見とは雲泥《うんでい》の差だ。もっとも、里見もいつもこんなふうにだらしないわけではない。だからこそなおのこと、半乾きの髪を頬や額に張りつかせ、バスローブ一枚という姿を神津に見られたのが不本意だった。

「とっくに仕事に出掛けたかと思っていた」

気まずさを紛らわすため、里見は突《つ》っ慳貪《けんどん》に言って顔を背けた。

「これから出るところだ」

のっけから敵意を剝き出しにした里見に対し、神津は子犬に無駄吠えされた程度にも感じなかったかのごとく悠然としている。余裕綽々《しゃくしゃく》とした態度が挑発的にすら感じられて、里見はますます苛立《いらだ》った。格の違いを見せつけられているようで悔しい。

「チェストの二段目に俺のTシャツとスウェットパンツがある。とりあえずそれを着ろ」

ウォークインクローゼットを顎で示して言われ、里見は黙って従った。

クローゼットでバスローブを脱ぎ、下着もつけずに借り物の部屋着を身に着けた。全て左腕一本でこなさねばならなかったので手間取ったが、神津は急《せ》かしもしなければ、様子を見に来ることもなく、ずっとベッドの端に腰を下ろしたままだったようだ。途中一度携帯電話に着信があって、誰かと話をしていたが、イタリア語での会話で里見には神津が最初に口にした挨拶しか理解できなかった。里見が話せる外国語は英語と中国語だけだ。それで十分やってこられた。

サイズの大きいTシャツの中で里見のほっそりとした体は泳ぐような感じになる。クローゼットから出てきた里見を一瞥した神津はあからさまに目を眇め、

「二、三日中にきみの服を揃える。それまで我慢しろ」

と言った。

できれば自分の服くらい選ばせてほしかったが、そんな言い分が聞き入れられる身分でないこ

とはさすがに弁《わきま》えていたので、里見は黙って頷いた。

神津は突っ立ったままの里見をベッドの端に座らせると、入れ替わりに自分が腰を上げた。

「俺が留守にしている間、きみはこの家でおとなしくしていろ。エレベータの扉の前には、念のため、監視役を置いていく。逃げようなどとは考えるな。この家から一歩でも出たら——どうなるか昨日教えたはずだ」

「わかってる」

里見はうるさいと顔を顰め、おざなりに返事をした。今すぐ逃げようとは里見も思っていない。そこまで浅はかではなかった。

「昨日も言ったとおり、家の中は好きに見て回ってかまわない。ただし、鍵がかかっている部屋は立ち入り禁止だ。十時から五時までは通いの家政婦がいるので、用があれば遠慮なく声をかけろ。俺が禁じたこと以外はきみの頼みを聞くように言ってある」

「帰りは何時？」

念のため確かめる。神津がどこへ何をしに行こうが興味はないが、いつ帰宅するかは知っておきたかった。

「夕方には戻る」

もっと遅くなるだろうと思っていたので、里見は内心落胆した。

神津が傍にいるとどうにも気持ちが落ち着かない。ずっと一人でいるのが当たり前の生活を長くしてきたため、一人の時間が多いほうがありがたかった。

しかし、この家の主は神津だ。里見の意のままになることなどほぼないも同然だった。

そのまますぐに出掛けるという神津を、形ばかりに玄関で見送ることにした。他にすることもなかったし、いきなり家政婦とばったり出会《でくわ》すよりは、神津と一緒のときにまずちゃんと会っておきたい気持ちもあった。

家政婦はちょうど玄関ホールの床にモップを掛けている最中で、里見が何も言わずとも、神津のほうから「少しいいですか」と彼女に声をかけて里見と引き合わせた。

家政婦は体格のいい中年のメキシコ人女性で、近所の世話好きのおばさんといった印象を受けた。庶民的な雰囲気で気取ったところはまるで見受けられない。神津が何をしている男か知らないのではないかと思うほど、ごく普通のおばさんだった。

神津は家政婦に里見を「婚約者です」といきなり真顔で紹介した。

驚いたのは里見だ。嘘だろう、と目を瞠り、唖然《あぜん》と口を開けて神津を仰ぎ見る。里見と神津は十センチ以上の身長差があり、並ぶと僅かながら見上げる形になる。

「ち、ちょっと……！」

「そうですか。それはおめでとうございます」

里見が口を挟みかけたのと、家政婦が無遠慮に里見を見てとってつけたような祝辞を返してくれたのがほぼ同時だった。家政婦はさして驚きこそしていなかったが明らかに物珍しがっており、里見は恥辱《ちじょく》のあまり顔から火が出そうな思いを味わった。

「あの人、あんたがゲイだって知ってるの？」

家政婦が掃除に戻ると、里見は憤懣を隠さずに神津を睨み、日本語で聞いた。

「べつに隠していない」

少しも悪びれたふうのない神津の返事は里見の神経を逆撫でした。

「俺はああいう紹介の仕方、されたくなかった」

こういうところでは他人の立場や気持ちにおかまいなしの神津に、恨みを感じる。

里見が声を荒げて不満をぶつけても神津は全然取り合おうとせず、室内履きを外出用の革靴に履き替えてさっさと行ってしまった。

唯我独尊《ゆいがどくそん》とは神津のような男のことを言うのだ。

腹が立って仕方なかったが、ぶつける相手はおらず、ストレスが溜まるばかりだ。

広い家の中にいてもこれといってしたいことは浮かばない。

家の中をへたに彷徨《うろつ》いて家政婦と不必要に顔を合わせるのも嫌だったので、里見は書斎の隣の図書室でずっと過ごした。

本当は書斎でパソコンを使いたかったのだが、書斎には鍵がかかっていて入れなかった。他にパソコンが置いてありそうな部屋はなく、あったとしてもおそらくパスワードでセキュリティ・ロックがかけられているだろう。神津に抜かりがあるとは思えなかった。

なんとかしてスマートフォンかタブレット端末を手に入れられないだろうか、と里見は右腕のギプスを意味もなく撫で擦りながら思案した。

ふかふかのソファに腰掛け、膝には猫の写真集を開いて載せていたが、頁《ページ》を捲る手はほとんど動いていなかった。

朝食は食べ損ねたが、昼食は家政婦が用意してくれた。図書室で何かちょっと摘みたいと言うと、クラブハウスサンドイッチとフライドポテト、紅茶、フレッシュフルーツを運んできてくれた。

残さず平らげると、家政婦は悪い気はしなかったようだ。

「結婚式はいつ？」

どうやら家政婦はこの件についてもっと詳しく聞きたくてたまらなかった様子で、食べ終えた食器をトレーに載せながら、ついでを装って興味津々に聞いてくる。

「少なくとも俺はしたくないですね」

もうこの話題は勘弁してほしかったが、答えるまで同じ質問を毎日されかねない気がしたので、仕方なく返事をした。

「まぁ、なんでも決めるのは神津だから、彼に聞いてもらったほうがいいと思いますが」

「ここのご主人は身持ちが堅くて、今まで男の出入りも女の出入りもなかったから、いい男なのにもったいないいってずっと思ってたんだけど、やっぱりちゃんと恋人はいたんだねぇ」

「全然長い付き合いではないですよ。相手は男なら誰でもよかったんじゃないですか」

里見はしらけた調子で言ってのけ、神津をいいように誤解している家政婦を内心嘲笑う。あの男は身持ちが堅いわけではなく、結婚なんて面倒くさいこととは無縁でいたいだけだ。きっと子供も嫌いに違いない。

「あなた、日本人？　肌が綺麗で羨《うらや》ましいったら。まだ若いんでしょ？」

「たぶんあなたよりは若いと思いますよ」

「あら、やだ。なんか顔に似合わず感じ悪いねぇ」

いい加減、家政婦も里見の毒のある話し方に鼻白んできたようで、最後につけつけと言うと、トレーを抱えて図書室を出ていった。

無遠慮な家政婦に感じが悪いと言われても里見はチクリとも感じず、それからしばらくまた本を眺めながら物思いに耽《ふけ》って過ごした。

神津は変わった男だ。

行きずりの男をいきなり妻にすると言い出して身柄を預かり、会って三時間後にはベッドに押し倒して体を繋ぎ、冗談でないことを証明してみせた。穏やかですこぶる理知的ないい男だが、紳士的で優しい一面と、猛々しく容赦のない非情な一面とを併《あわ》せ持ち、耳元で『力を抜け』とセクシーに囁いたかと思えば、制裁だと言って平気で腕っ節の強そうな男に腕を折らせる。去勢して女性器を作る、と単なる脅しではなさそうに気易く口にするのにも鳥肌が立つ。

どこかキレている、まともじゃないと思う反面、強烈に人を惹きつける魅力を備えていることは否定しようがない。正直、里見もすでに神津の纏う危険な匂いに多少なりと毒されかけている。長身で見栄《みば》えのする体軀《たいく》にも同じ男として羨望《せんぼう》を感じるが、堂々として落ち着いた雰囲気と、自信に満ちた押し出しの強い言動にただ者ではないと思わせる特別な存在感があって、無視しようにもしきれない。里見はこれまで神津のような男に出会ったことがなかった。

男同士のセックスなんてあり得ないと思っていたが、どうやら里見はまんざらあれがだめではないらしい。昨晩のようなことを毎晩強制的に続けられれば、遠からず体から籠絡《ろうらく》されて、行為そのものに溺《おぼ》れて虜《とりこ》にされる予感がする。

しかし、そこで終わりではなく、次に待ち構えているのは、男でなくされた体をまたもや犯され、今度は女としての快感を教え込まれることだ。

悪魔め、と里見は神津を罵り、唇を嚙み締めた。

骨折が治るまでは形成手術は回避したい。怪我さえ治れば逃げ出す手段を練りやすくなる。そのためにできることはなんでもするしかないだろう。男の体のままでも十分愉しめて、たっぷりと屈辱を味わわせられる、もうこれ以上痛めつける必要はないと神津に思わせられれば、悪趣味な手術は取りやめさせることも可能なのではないか。

男の性器など触ったこともないが、口でも舌でもなんでも使って神津を満足させ、達《い》かせるしかない。昨晩のように後孔にあんなばかでかいものを突っ込まれるのは嫌だが、神津がしたがるなら、従順に尻を差し出す。目的のためなら手段は選ばないのが里見の信条だ。寝ろと言われたら犬とだって寝てやる。そのくらいの覚悟でなければ、神津を騙《だま》し、まんまと逃げおおせることなどできるはずもない。

逃げ出す手筈を整えるには誰かの協力がいる。誰と連絡をつけるにせよ、電話かインターネットができる環境が必要だ。

どうにかして書斎の鍵を手に入れられないだろうか。書斎にはきっとパソコンがある。書斎の鍵とパソコンのセキュリティを解除するパスワード、その二つがあればしめたものだ。

今のところ里見に思いつくのは色仕掛けで神津を油断させ、手に入れるやり方だけだ。ハードルは非常に高いが、やらなければ女にされてしまう。言葉のアヤではなく、体から造り替えられるのだ。考えただけで身震いがする。嫌ならやり遂げるしかないと自分に言い聞かせた。

神津は夕方五時過ぎに帰宅した。

家政婦が帰ったのとちょうど入れ違いだった。

「話がある」

帰ってくるなり神津はむすっとした顔つきで里見を書斎に連れて入った。

鍵はカード式で、ホテルの客室ドアによく使われているタイプのものだった。スリットに差し込むのではなく、ドアノブについたリーダーにタッチするだけで赤いランプが緑に変わる。

書斎は床も壁も家具も茶系で纏められた、渋くて重厚かつクラシカルな雰囲気の部屋だった。

見事な木目のマホガニー材の執務机に、黒い革張りのハイバックチェア。図書室の蔵書も素晴らしいが、書斎に並んだ天井までの書棚も圧巻だ。ペルシャ絨毯《じゅうたん》が室内の左半分に敷かれ、そこにソファセットとローテーブルが置いてある。ざっと見渡せた範囲には、デスクトップ型のパソコンは見当たらなかった。どこかに隠しているのか、もしくはモバイル型しか使わないのか。あまりジロジロと見回すわけにもいかず、この場は探るのを諦めた。

神津は里見をソファに座らせ、自分は一段床を上げたスペースに据えられた執務机に着いた。ハイバックチェアに悠然と座り、長い脚を組む。

あえて里見と同じ目線で話をしないところに、神津の傲慢さと居丈高さが出ているようで、いい気がしなかった。嫌な男だ、とまた思う。そのくせ、なぜか頭から嫌いにはなれないのだから始末が悪かった。

「今日、俺が顧問を務めるコンパニオーニ一家のボス、ジョット・コンパニオーニときみの今後の処遇について決めてきた」

神津はアームレストに優雅に肘を突き、上体を傾がせて顎を支える姿勢を取って、有無を言わさぬ語調で里見に知らせる。決定事項を一方的に告げるだけで、里見の意思は端から考慮される気配もなかった。里見は相槌《あいづち》も打たず、表情を険しくしたまま耳を欹《そばだ》てた。いい話なのか悪い話なのか全く見当がつかず、胸が騒ぐ。神津の顔つきや態度からは何も読み取れなかった。

「ジョットと俺は父親と息子ほど歳が離れているが、互いに厚い信頼と強い絆《きずな》で結ばれている。

その俺がきみを妻にするのなら、男同士であってもファミリーの皆の前で結婚式を挙げ、少なくとも幹部以上のメンバーにきみを紹介すべきだと言われた」

「……結婚式？」

意表を衝く話に里見は眉を顰《ひそ》め、不満を隠さず唇を尖らせる。

そんな茶番に付き合わされるのは嫌だとすぐに断りたかったが、神津の目がそれを許していなかった。おまえに選択肢はない、これは命令だ、逆らえばただではすまさないと、はっきり威嚇されている。

「式は一月後だ」

案の定、もうそこまで決まっていた。

里見は諦念《ていねん》の滲む溜息を洩らし、睫毛《まつげ》の長い瞼を伏せる。

「実はジョットは無類の日本贔屓《びいき》で、結婚式はぜひ和式で挙げてくれと頼まれた。きみには白無垢《しろむく》と綿帽子の花嫁になってもらう」

「はっ？」

猛烈に嫌な予感に襲われ、里見は俯《うつむ》きがちにしていた顔を弾かれたように上げた。

明日にでも女になる手術を受けさせるつもりなのではと、息もできないくらい動揺する。最初からそう告げられて連れてこられていたので、どうしてもそこから頭が離れない。里見は自分でも青ざめているのがわかるくらい血の気を引かせ、指先の震えを止められずにいた。

「ああ。きみが何をそう怯えているのかわかった」

神津はうっかり言うのを忘れていたというように薄く笑い、里見をひたと見据えてくる。わざと焦《じ》らしていたぶられている気がして、里見は神津の性格の悪さを呪った。今すぐソファを蹴って神津の許に詰め寄り、昨晩より手厳しい殴打を見舞ってやりたかった。現実には、立ち上がることもできずにいたのだが。

「きみを去勢して懲らしめるつもりだったが、昨晩一度嵌め具合を試してみて、予想以上に俺は男のままのきみが気に入った。昨日は触ってやらなかったが、性器のほうも色も形も綺麗だ。切除するのは惜しくなった」

「……え……？」

あんなに繰り返しするすると脅していた手術を、やめると言うのか。

まだ半信半疑ではあったが、嚙み締めていた唇を解き、硬く強張らせていた表情を躊躇いがちに少しずつ綻ばせる。

里見は神津と目を合わせ、神津が本気で言っていることを確信し、ようやく肩の力を抜くことができた。

「ただし、これはきみと俺の間の秘密だ。ジョットにもブラスコにも、俺はきみを去勢して下半身は女にすると言ってある。それを条件に妻として保護する許可をジョットに取りつけた。式のときにはせいぜいしおらしく振る舞え。その美貌に化粧まで施せば、皆きみに見惚れ、俺を羨むだろう。披露宴はレストランを貸し切って行う予定なので、ドレスを着てもらう。きみは女装が得意のようだから、化けるのはお手のもののはずだ。期待している」

神津の口からはっきりと性器切除はしないと聞いて、里見はソファに埋もれて頽《くずお》れたくなるほど安堵《あんど》した。どれほど虚勢を張って、そのくらいたいしたことではないと平気な振りをしようとも、己のアイデンティティに深く関わる体の一部を失うのは、他のどんな拷問を受けるのとも違う本能的な恐怖がある。それに耐えて正気を失わずにいられる者は少ないのではないかと、我が身に降りかかってみて里見はひしひしと思った。苦痛にはある程度耐えることができるかもしれないが、精神的な喪失感はそう易々と乗り越えられない気がする。昔は極刑に等しいくらい重い罰だったと聞くが、それもよくわかる。

面と向かって礼こそ言わなかったが、里見は神津の気まぐれに涙が零れそうになるほど感謝していた。だからといって即神津を受け入れられるわけではないし、妻という立場を押しつけられること自体は迷惑で嫌だと感じているのは変わらない。相手に感謝することと愛情を抱くことは別の話だ。ただ、以前よりは神津に少しは心を開いてもいいと思う気持ちが若干強くなった。

「白無垢は貸衣装ですむが、ドレスは体に合わせたものを作りたい」

ファミリーが集まるような華やかな場なら、神津も当然見栄を張りたいだろう。そう踏んで頼んでみた。本音は、それまでの一ヶ月間今日のように何もすることがなくここに閉じ込められたまま過ごすのは嫌だ、なんでもいいから息抜きになることがしたいという気持ちからだ。里見は一日で早くもうんざりしていた。

神津は二つ返事で承知した。

「明後日の午後、きみを知り合いのブティックに連れていってやろう。店主はゲイのデザイナーで女装にも理解があるから、男がドレスをオーダーしても何も言わない。むしろ、きみに着せられるなら張り切って腕を振るうだろう。そこで必要なものを誂えろ。頼めば補整下着も取り寄せてくれるはずだ」

さすがに神津はなんでもよく把握している。

最初の予定では、実店舗ではオーダーしにくいのでインターネットで注文させてほしいというふうに話を持っていき、パソコンを使わせてもらうつもりだったが、その案は持ち出す隙もなく蹴散《けち》らされた。

とはいえ、里見はこの話を聞く前までとは違って、それほど焦っていなかった。

体に取り返しのつかない罰を施されることを回避できただけでも、おおいに時間を稼げた。もうそんなに無理をして逃げる算段を急ぐ必要はない。すぐにはパソコンも携帯電話も使えなかったとしても、たいした問題ではなかった。

むしろ、式を挙げるところまでは従順な振りをしておいて、こいつはもう逃げるのを諦めたのだと周囲に思わせ、油断させたほうがいい。その後、好機を狙うのだ。事を急《せ》きすぎて、神津に何かよからぬ計画を立てていると勘づかれるのだけは絶対に避けなくてはいけない。大胆かつ慎重に、と里見は頭に刻みつけた。

「話はそれだけだ。俺はこれから何件か仕事を片づけなくてはいけない。夕食は勝手に一人ですませろ」

「わかった」

ソファから腰を上げて行きかけた里見を、「それから、もう一つ」と神津が引き止めた。

「この家には普段使っていない来客用の寝室がいくつかあるから、見て回って好きな部屋をきみの個室にするがいい。今夜から式の前の夜まではそこで寝ろ」

「どういう意味?」

腑《ふ》に落ちなくて訝しんだ直後、里見はもしかしてと閃《ひらめ》いた。

「今さら初夜に拘《こだわ》る気? 呆《あき》れた。あんた意外とロマンチストなんだな」

ここぞとばかりにズケズケと言ってやる。

「悪いか」

神津はすでに机上に書類を挟んだファイルをいくつも広げ、それらに目を通し始めており、里見の方を見もせずぶっきらぼうに答えた。

否定しないところからして、里見の推察は当たっていたようだ。

気のせいか神津の耳朶《じだ》がほんのり桜色に染まっているように見え、里見は見間違いかと目を瞬かせた。もう一度じっくり見ようとしたが、神津に「出ていけ。邪魔だ」と不機嫌そうに追い払われ、里見は諦めて背中を向けた。

書斎の扉を静かに閉め、深々と息をつく。

また一つ事態に変化がもたらされ、里見を絶望の淵《ふち》から救ってくれた。おかげで憂鬱《ゆううつ》だった気持ちがだいぶ晴れた。

それにしても、結婚式まで別々の部屋で寝ると言い出したのには虚《きょ》を衝かれた。今後のこともあるので神津に取り入るために色仕掛けも辞さないつもりでいたのに、まんまと肩透かしを食らわされた気分だ。

それならそれで里見も楽でいいし、べつに神津に抱かれたいわけではないので好都合なのだが、なんとなくすっきりしないというか、手放しで嬉しいと感じない。

我ながら不可思議な心境だった。

とりあえず式までの一ヶ月は神津に従い、おとなしくしておく。

結婚式前の花嫁は決めることが多すぎてとても忙しいと聞いたことはあったが、自分は何も決めたり考えたりしなくていいだろうと思っていた。

大半は神津がジョットと相談して決め、手配していたが、ドレスの仮縫いや白無垢と鬘《かつら》の試着、指輪選びなど、サイズのこと等あって里見抜きではできないことも多く、一ヶ月過ぎるのはあっという間だった。

＊

十月下旬の晴れた午後、神津奨吾と初めて会った日から数えて三十五日目に、里見はマフィアのボスの仲人《なこうど》で結婚式を挙げた。

全てが映画の撮影のように非現実的で、里見自身には式を挙げる意味もなければ実感もない茶番にすぎない気持ちだったが、式に列席したアンダーボスをはじめとするマフィアの幹部、カポレジームたちは大真面目だった。新郎役の神津も神妙に儀式に臨《のぞ》んでおり、仮初《かりそ》めという意識は一家の誰一人として持ち合わせていないようだ。

ニューヨークでどうやって神前式の挙式を行うつもりなのか、式の一週間前まで里見は知らされていなかった。自分的にどうでもよかったこともあり、神津に聞く気にもならず、いっさい把握していなかった。列席するのがマフィアばかりなのだから、それもまた滑稽《こっけい》で、もはや全てが冗談としか思えなかったのだ。

蓋を開けてみれば、挙式の準備は里見が尻込みしてしまうほど完璧に、本格的に調えられていた。まず会場に選ばれたのが、日本の一大ホテルチェーン、グラン・マジェスティ・グループが昨年ニューヨークにオープンさせたばかりの最高級ホテルだ。ホテル内には神前式で挙式できる神殿も設けられており、ここをジョットが押さえていた。ホテルの重役と面識があるらしく、いろいろと無理を聞いてもらったようだ。

斎主《さいしゅ》や巫女《みこ》、雅楽《ががく》の演奏者などはわざわざ日本から呼び寄せ、古式ゆかしい流れに沿って日本人でもめったに体験する機会のない儀式の数々が厳《おごそ》かに執《と》り行われた。斎主の祝詞《のりと》奏上や、誓杯《せいはい》の儀、いわゆる三三九度《さんさんくど》の杯を、マフィアたちが興味津々に見守る中、里見はかねてより衣装合わせしていたとおり白無垢に綿帽子の花嫁姿で臨んだ。窮屈で重くて思うように体が動かせず辛かったが仕方がない。

神津は黒羽二重《くろはぶたえ》に黒い縞柄の袴《はかま》で正装しており、凜然《りんぜん》としていて、不覚にも見惚れてしまうほど清々しかった。

里見自身も我ながら綺麗に装えたと臆面もなく自画自賛する。綿帽子で顔を隠すのがもったいない出来映えだと胸を張って言えた。

二人がしずしずと入場したとき、列席したマフィアの幹部たちの強面《こわもて》は一様に惚けたようになり、里見に釘付けだった。式そのものより周りの反応が気になっていた里見は、むしろ彼らのほうばかり綿帽子の陰から見ていた。

女装慣れした里見は、女らしい淑《しと》やかなしぐさも身に着けている。

誰もが里見を元々は男性だと承知していたが、女にするとここまでたおやかになるのかと、感心しきりの視線をいくつも受けた。あのブラスコですら、手術を受けたと信じて疑っていないようだ。里見を神津に渡したことを今さらながら後悔している様子で、里見は内心嗤わせてもらった。もう右腕はすっかり治って、リハビリもあと少しで終了しそうなので、いつか機会があればブラスコにも報復してやりたいところだ。

巫女たちが神楽《かぐら》に合わせて舞う神楽奉納は殊更《ことさら》に日本好きのジョットを喜ばせたようだ。仲人を買って出たジョットもまた紋付き袴姿で和装しており、夫人は黒留め袖をわざわざ用意して着こなしていた。ブラスコの連れのドーラも華やかな雰囲気の綺麗な女性だが、このジョットの妻は品がよくて綺麗に歳を重ねた知的美人だった。

儀式はその後も滞りなく進み、里見は神津と指輪を交換した。

この指輪は神津と一緒に五番街の有名な宝石店で選んだものだ。そのとき里見はどこからどう見ても疑いようのない若い女性に化けていた。里見は男にしては指も細く、手を見られても全く違和感を持たれない。二人に対応した女性店員は、神津が「これにしよう」と決めた指輪のゴージャスさも相俟《あいま》って、最初から最後まで里見に羨望のまなざしを向けていた。

そのとき購入した指輪が今、里見の指に嵌められた。

里見も少々ぎこちない手つきで神津に指輪を嵌めてやる。他人の指に指輪を嵌めさせるなど初めてで、このときだけは緊張した。その緊張ぶりさえも、傍目には初々《ういうい》しくて可憐に映ったらしく、誰かがほうっと溜息を洩らすのが聞こえた。

最後は斎主の挨拶で締め括《くく》られ、結婚式の式次第は全て終了した。

控え室に引き揚げるなり里見は草履《ぞうり》を脱ぎ散らかし、綿帽子を外してしまった。

「ああ、もう、これで勘弁してもらえないかな！」

二人きりになれた気易さから里見は素の顔をさらけ出して癇癪《かんしゃく》を起こす。挙式だけでもう十分役目は果たしただろうと声を大にして言いたかった。

「この後まだ披露宴に出なくちゃいけないなんて、考えただけで倒れそうだ」

「約束だ。従え」

神津は相変わらず冷淡で薄情だ。

自分自身は髪の毛一筋乱しておらず、行儀悪く脚を投げ出して椅子にだらりと座った里見にチラリと不愉快そうな視線を向ける。

「わかったよ、旦那様」

仕方なく里見は純白の着物の裾を直し、椅子に浅く座り直した。

「着替えればいいんだろう、今度はあの銀色のドレスに」

「手伝いが必要なら手伝おう」

「いいえ、結構」

せっかくの申し出だったが、里見は木で鼻を括《くく》るような返事をして断った。我ながら嫌な感じだと自覚していたが、神津の前ではいつも意地を張ってすげない態度を取ってしまう。

ツンと取り澄ましたまま立ち上がると、鼻緒が指の股に当たって痛くて堪《たま》らず脱ぎ散らかした草履を再び履いて、里見は「じゃあ、またあとで」と奥の衣装部屋に行きかけた。

「征爾」

神津に久々に下の名で呼ばれ、里見はトクリと心臓の鼓動を速くした。前に呼ばれたときには違和感が先に立ったが、今日は違った。

この一月あまりの間同じ屋根の下で暮らすうち、徐々に神津に対する気持ちの持ちようが変わってきたのかもしれない。

以前は我が物顔で厚かましいと不快に感じたが、今は諦めの境地に半ばなっているせいか、神津に一人の人間として認められているようで、「きみ」と呼ばれるよりいいと思った。

我ながら心境の変化に驚く。どんなことにも人は慣れるものだと思い知らされた心地だ。

「なに？」

内心の動揺を隠して、何の用だといかにも煩《わずら》わしげに聞く。

神津を少しずつ受け入れ始めていることに気づかれたくなかった。里見自身認め難く、気持ちの変化に抗おうと踠いていた。

そんな里見とは対照的に、神津は思いもよらず里見に礼など言う。

「綺麗で初々しい花嫁だった。ありがとう」

「ば、ばか！　なに……言って……！」

神津の口からありがとうの言葉を聞くとはにわかに信じ難く、里見はうまく言葉も出てこなくなるほど狼狽《うろた》えた。あの傲慢な男があり得ないだろう、と胸の内で何度も繰り返し、どういう風の吹き回しだと訝しむ。

当惑してぎくしゃくする里見の許へ大股で近づいてきた神津は、里見の腰を抱き、深紅に染めた唇にそっと唇を触れさせてきた。優しいキスに胸がまたもやトクリと震える。

「今日は長い一日になる。わかっていると思うが、レストランでの披露パーティーの後も果たしてもらわなくてはならない儀式がある」

初夜の務めのことを言っているのだとすぐにわかり、里見はじわっと赤面した。

「い、言われなくても、わかってる」

「今夜は最後までする。いいな」

「あんたの好きにすればいいだろう。もう離せ！」

里見は身を捩って神津の腕から逃れると、他に誰の目もないのをいいことに、着物の裾をたくし上げ、大股でがさつに歩いて衣装部屋に逃げ込んだ。

荒っぽくドアを閉め、動悸で波打つ心臓を持て余しつつ、手の甲で額に浮いた汗を押さえた。

神津にあんなふうにされると、悔しいかな里見はどうしても平静でいられない。

久しぶりに抱き寄せられ、逞《たくま》しい胸板に触れた。たったそれだけのことで、里見は強く心を揺さぶられ、慌ててしまった。あれ以上長く神津の腕の中に留まっていたら、気持ちが流されそうで不安だった。

あいつを好きになったわけじゃない。

この一ヶ月間、交流らしい交流があったわけではない。交わしたのは事務的な会話ばかり。結婚式の準備に関すること以外、何一つよけいな話はしなかったし、無関係な外出もしなかった。神津は忙しい合間を縫って里見を宝石店やブティックに連れていっては、外でお茶の一杯すら飲むでもなく里見をマンションに送り返し、自分はそのまま仕事に戻っていた。

夜は夜で、一つ屋根の下にいながら、神津は聖人君子のごとき清廉《せいれん》さで里見と性的な関わりを持つのを避け、痛くも痒くもなさそうに達観した顔をしていた。

里見自身どちらかといえば淡泊なほうだと思うのだが、さすがに一ヶ月もの間何もしないではいられず、二度ほど自らの手で慰めた。

しかし、情けないことにどちらのときもうまくいかず、中途半端なままかえって欲求を燻《くすぶ》らせることになり、腑甲斐ないの一言だった。一度目のときはまだ右手が使えなかったので、慣れない左手では不満が残る結果になったのだと自分に言い訳できた。しかし、二度目のときにはギプスは外れていて、なんとか右手も使えたのに、一度目のとき以上にだめだったのだ。前を扱くだけでは達けず、焦れた挙げ句に後孔に指を入れてみて、ようやく達した。脳裡《のうり》に浮かべていたのは胸の大きな美女ではなく、神津の逞しい胸板であり、節の目立つ長い指だ。

とてもではないが認められないし、なぜそんなふうになったのか追及するのも躊躇われた。

里見はずっと自分が大好きな人間だったのだが、神津と会って一緒に暮らすようになってからは、自分以上に興味を引かれる相手が初めて出来た。里見もたいがいだが、性格の悪さで言えば神津のほうが断然酷いと思う。しかし、神津という男はそれ以上に人を惹きつける魅力を持っているらしく、憎めない。

その上、ときどき唐突に優しく愛情深い態度を見せて里見を戸惑わせるのだ。

「ちくしょう。なんなんだ、いったい」

壁一面に貼られた姿見に映る自分の白い顔を睨み据え、里見は悩ましさのあまり唸《うな》った。

「人をいいように惑わせやがって。クソが」

ドンと軽く拳を鏡に打ちつけ、それから無造作に白無垢を脱ぎ始める。

披露宴用のドレスは、神津の好みと意見を大幅に取り入れてデザインされたもので、納品される前に最後の確認がしたいと言われて試着した際、デザイナー自身も感嘆の声を上げたほど里見に似合っていた。このドレスはあなたにしか着こなせないと絶賛されたのだ。

これは神津の顔を立てるために着てやるドレスだ。

里見としては、他の誰でもなく、神津をあっと言わせたい。

そう思うと里見自身昂揚《こうよう》する。

ボディスーツで体のラインを女性らしい柔らかなカーブを描くように補整し、胸に自分専用の厚いパットを入れてバストに張りを出す。

男の体を女性らしい理想の形に近づけるには、骨が軋むほどの苦しさに耐える必要があるが、より美しく装って神津に目を瞠らせるためならば、そのくらいなんでもない。神津の驚く顔を見られさえすれば里見も溜飲を下げられる。

スパンコールとクリスタル製のストーンをふんだんに散りばめた、上品な光沢のロングドレスを身に着け、鏡の前に座って呼び鈴を鳴らす。

待機していた美容師がすぐにやって来て、二人がかりで里見の髪と化粧を洋装用に作り替え始める。

披露宴では式のとき以上に人が集まる。

誰に見られても綺麗だと褒めそやされるようにするべきなのだろうが、里見は神津にさえ気に入ってもらえればよかった。

ヘアセットと化粧がすんで神津の許へゆっくり歩み寄っていく。

窓際に立って外の景色を眺めていた神津は、里見が声をかける前に気づいて振り向いた。

神津もスリーピースに着替えていた。普段よりうんと派手で華やかな雰囲気で、それがまたとてもよく似合っている。

胸元を上品に開けた、すとんとしたロングドレス姿の里見を上から下まで眺めた神津の口元がふわりと満足げに綻ぶ。

生き生きとした輝きを宿す黒い瞳が、今すぐこの場で押し倒してキスしたいと囁きかけているようで、里見はこくりと喉を鳴らして睫毛を伏せた。

「素晴らしい化けっぷりだ。これなら皆も感心するだろう。だが、言っておくが、他の男に色目を使ったら承知しないから、そのつもりで」

「あんた意外と狭量《きょうりょう》なんだな」

「そうらしい」

里見が憎まれ口を叩いて揶揄しても、神津は否定せずにあっさり頷く。

「きみは今日から一家中に容認された俺の妻だ。誰かに不届きなちょっかいを出されたら、夫はとてつもなく嫉妬《しっと》深いので、と言え」

どうやら神津は百パーセント本気のようだ。目が全く笑っていなかった。

「……あんたを怒らせると怖そうだな」

「皆、震え上がる。中には俺をよく知らずに侮《あなど》っている者もいるようだが」

神津をまだ知り尽くしていないのは里見自身もだ。具体的にどんな怖さがあるのか、想像もつかない。

「来い。そろそろレストランに移動する時間だ」

時計を見て時間を確かめた神津は、里見に向かってすっと腕を差し伸べてきた。

一瞬戸惑ったが、里見はすぐに理解して、神津に手を預けた。

神津に手を取られ、グイと引き寄せられる。

このとき二人並んで踏み出した一歩は、なぜか里見の心に強く刻みつき、後々まで記憶に残るものになった。

＊

キングサイズベッドに二度目に横たわったとき、里見は最初にここに連れてこられた夜の記憶をまざまざと蘇らせていた。

「どうかしたか」

里見の表情の僅かな変化を見逃さずに、神津が鋭く聞いてくる。

「べつに。なんでもない。疲れ果てているから早く終わらせて寝たいと思っただけ」

初めて神津と体を繫いだときの感覚を思い出した、と事実をそのまま言うのは恥ずかしすぎて、適当なことを言ってはぐらかす。あまりにも生々しく、汗とトワレの混じった体臭や肌の熱さ、シーツの感触、スプリングが軋む音などを次から次に思い出し、それらの些末な一つ一つを一月以上経っても忘れずにいる自分自身が信じ難かった。神津の硬くて太い熱棒が身の内に押し進められてきたときの強烈すぎる刺激だけを覚えていると言うのなら、それは当たり前だと自分にいくらでも弁解できたが、そうではなかったので隠した。

本当に、どうかしている。

里見は神津のなんでも見抜いてしまいそうなまなざしを恐れて目を逸らす。

「確かに疲れる一日だった」

神津の言葉に里見は、早朝から着物を着付けてもらって、鬘を合わせ、式の前に記念写真を何枚も撮るところから始まったことを思い返す。

午後になってすぐ執り行われた式は生涯忘れないだろう。

男同士で社会的には何の意味もなさない形ばかりの儀式だったが、里見はマフィアの面々にあそこまで率直に祝ってもらえるとは考えてもいなかった。冷やかされ、侮蔑されるために引きずり出されるいやらしい余興だと覚悟して臨んだつもりが、結果的にはしてよかったと思えるようになっていた。

「凶悪そうな顔をした連中が、あんたの前では借りてきた猫みたいにデレデレしていてびっくりした。いったいどうやって手なずけているんだか」

「全部が全部俺の味方なら苦労はしない」

ギシッとベッドを軋ませ、神津が里見の上にのし掛かってきた。惚れ惚れするほど美しい筋肉に覆われた裸体が、里見の薄く細い体を組み敷き、身動きできなくする。

「俺としてはブラスコにからかわれなかったのが、なによりありがたかった」

「あいつは問題ない」

神津は切って捨てるように言う。

「根っからの女好きで、男を抱くのなど酔狂《すいきょう》としか思っていないやつだ。おまえの美貌には少なからず心を動かされるらしいが、俺の目を盗んでまでおまえに近づいて、よからぬことをしようとする度胸は元々ない」

「なら、誰のことが気になるんだ？」

本気で聞きたかったわけではなかったが、神津に苦い顔をして口を閉ざされると、かえって気になった。

神津にも苦手なメンバーはいるらしい。不仲と言うべきだろうか。

若くして別格であろう地位についている男に敵がいないはずもなく、神津にも悩みや心配事はたくさんあるに違いない。ただ、そうしたことを里見に打ち明けて弱みを晒すつもりはさらさらなさそうだ。神津の矜持が許さないのだろう。

飄然《ひょうぜん》としているようで案外焼きもちやきであることを、里見は知っていた。

くだらない話はもう終わりだ、と言うように神津はリモコンに手を伸ばして天井灯を暗くした。完全に照明を落とすのではなく、小さく絞って部屋全体を薄暗く、セックスするのにちょうどいい状態にする。

明るすぎても暗闇でも里見は落ち着けないし寝付けないのだが、神津とはそのあたりの感覚というのか、好む環境が似ている。家で食事を一緒にするときも、これと似た感触を抱くことがたびたびあった。おそらく神津とはいろいろな点で相性がいいのだろう。

セックスに関してもまた、同様だった。

神津は前回の行為を踏襲《とうしゅう》するかのごとく、キスから始めて丁寧に里見の体中に指と手と口と舌を駆使《くし》した愛撫を施していく。

舌を絡ませて淫猥《いんわい》な水音を響かせながらキスを愉しみ、その余韻で濡れた唇が顎から首筋に辿り下り、鎖骨を経て敏感な乳首に移動するのを、小刻みに喘いで感じていることを知らせながら待ち侘びる。

一月放っておかれた挙げ句、満足のいく自慰もできなかったせいか、里見は最初から欲望を隠す余裕を失っていた。

「ああ、ん……っ、あ、そこっ、気持ちいい」

元より里見は我慢強さとは無縁だ。何事に対しても欲望の赴くまま奔放《ほんぽう》に、貪婪《どんらん》に求め、手に入れてきた。同性とのセックスも、最初はさすがに戸惑って嫌悪や恐怖を湧かせたが、どういうものか大方わかると、気持ちよくなれさえすればべつに性別や役割分担には拘らないと柔軟に考えられるようになった。

もっとも、そんなふうに割り切れるようになったのは、神津が最初の相手だったからだ。神津は里見に決して無理をさせなかった。己の欲望はそっちのけで、体を繋いだだけで約束通り引いたのだ。他の男もあんな気配りをしたかどうか、おおいに怪しいものだ。

あれだけ慎重に挿入され、動かすことなく許してもらっても、翌日は体が怠かったし、尻の奥に物が挟まったままになっているような違和感が夜まで消えなかった。

それから今夜二度目に抱き合うまでの間に、里見は何度か神津を体の奥まで迎え入れたときのことを思い出し、おかしな気分になった。忘れようにも頭から消し去れず、悩ましい思いをさせられた。

「あっ、あ。ん、ンンッ」

神津に指や唇で感じやすい箇所を嬲られると、ビクビクと体のあちこちが震え、艶《なま》めかしい声が出る。慎もうにも抑えられない。

認めたくはなかったが、里見の体は神津の愛撫を待ち構えていたかのごとく反応する。

乳首を指先で優しく撫でられただけでビリビリとした快感が生まれ、はしたなく凝って突き出す。猥《みだ》りがわしく勃った乳首を乳暈《にゅううん》ごと唇で挟んで強く引っ張り上げられると、それだけで達けそうなくらい感じてしまって、里見ははしたない嬌声と悲鳴をいくつも放って悶えた。

「ずいぶんな乱れようだな」

呆れたように言いながら、神津も里見が感じるのを見るのはまんざらでもなさそうだ。

うっすらと全身を汗ばませてシーツにしどけなく横たわった里見の脚を大きく開かせ、神津は自分の体を間に置く。

片脚を膝で曲げて立たせると、太股を手のひらで撫で擦ってきめ細やかな肌の感触を味わい、露になった股間に手を伸ばす。

「ここで何人ぐらいの女を泣かせた？」

「そんな、こと……覚えてない。あんたこそどうなんだ」

里見は背中を浮かせて上体を少し起こすと、神津の股間でそそり立っている陰茎を仕返しするように握り締めた。

「やっぱりあんたの大きいな」

「大きさはたいして重要ではないだろう」

「確かに、これ以上デカければ、俺も受けるのは遠慮したいところだ」

あけすけな会話を愉しみながら、里見は完全に身を起こし、神津と膝を交える形で、ベッドの上で向き合って座った。

「舐めてやろうか」

神津のものを手にしているうちに、口でしてやったらどんな反応をするのか確かめたくなった。いつも取り澄ましていて癪に障る男が快感に呻く様を見たかった。

里見は神津の股間に顔を伏せ、手に余る大きさにまで張り詰めた陰茎に唇を這わせだした。舌を閃かせて一通り舐め回したあと、先走りを滲ませだしている先端を銜えて、入るところまで口の中に迎え入れる。

唇の端が切れそうなほど嵩のある神津の陰茎を、歯を立てずにしゃぶるのは神経を遣う行為だった。すぐに顎が疲れてきて、里見は三分と続けられずに顔を上げた。

他人の男性器を口で愛撫するなど初めてのことだったので、仕方がないだろう。神津も文句はいっさい言わなかった。

「今度はきみの番だ。もう一度仰向けになって脚を開け」

神津に優しく命じられ、自分もして欲しかった里見は素直に従った。

さっき里見が神津にしたように、今度は神津が里見の性器を可愛がってくれる。テクニックは神津のほうが遙かに上だ。

深々と口の奥まで陰茎を含み込まれ、頬を窄めて陰茎全体を吸引しながら、合間にチロチロと舌を這わされ、先端で擽って刺激される。同時に指では陰嚢を揉みしだかれたり、根元をわざと絞り上げたりされ、一時もじっとしていられないほど感じさせられた。

「う、ううぅっ、だめ。ああっ、だめだっ」

何度も達する寸前まで追い上げられてははぐらかされ、里見は啜り泣きしながら身悶え、全身をのたうたせて哀願した。

「あああっ、イクッ、もうイクッ」

さんざん焦らされ、気が遠くなりかけるほど続けざまに悦楽の坂を登らされては引き戻され、また登らされることを繰り返され、恥も外聞もなく「イカせて」と叫ばされたのち、ようやく一度目の射精を許された。

ぐったり伏した体を裏返され、俯せで両膝を立てさせられる。そうやって腰を高く掲げる姿勢を取らされても、里見は半ば朦朧《もうろう》としていて、されるままだった。

双丘を開かれ、谷間に息づく窄まりに湿った息を吹きかけられて、里見は「ひっ」と尖った悲鳴を放った。

ぬるりとしたものが襞を撫で、濡らす。

何をされているのか理解するや、里見は羞恥のあまり憤死《ふんし》しそうになって「嫌っ、嫌だ。するなっ」と激しく抵抗した。たまらない辱めだった。

だが、神津は里見の腰をがっちり摑んで離さず、淫らな愛撫を続けた。

「もういい、ああっ、もういいから！　やめろ、頼むから」

泣きながら懇願すると、神津はようやく濡れた舌を窄まりの中から引き抜いた。

たっぷりと潤された襞の中心に、神津の猛った肉棒が押しつけられる。

ずぷっと先端を穿たれ、里見は「はああっ」と乱れた声を上げて両手でシーツを引き摑んだ。

「もっと奥まで行ってもいいか」

「ああっ、あっ……奨吾。奨吾さんっ」

神津と呼び捨てにするのは躊躇われ、代わりに名前で呼んでいた。

里見が神津を奨吾と呼んだのはこれが初めてだ。

最初は照れくさかったが、何度か繰り返すうちにしっくりくるようになった。

ゆっくりと押し入れられてきた太い陰茎が根元まで収まる。

「あ、あっ。すご……、ああっ。俺の中、奥までいっぱいに埋まってる……！」

「今日は最後までやめない」

もちろんそれは里見の望むところでもあった。中途半端なところで放り出されてはたまらない気持ちのほうが強かった。

神津が腰を動かし、穿ったものを抜き差しし始める。狭い器官をみっしりと塞いだ剛直が、繊細な内壁を擦り立て、巻き込み、襞を捲り上げて出入りする。

「ひいいっ、ああう……うっ。だめ、気持ちいい。ああ、いいっ」

気持ちがいいのに嫌と言ったり、だめと言ったり、自分でもわけがわからない。擦られるたびに僅かな苦痛と、凄絶《せいぜつ》な快感が湧き起こり、里見に理性をなくさせた。

神津も悪くなかったらしく、次第に息を上げだして、最後は艶めいた呻き声を洩らしながら里見の最奥《さいおう》で果てた。

夥《おびただ》しい量の白濁を奥に浴びせられたのがわかり、里見も感極まって胴震いした。

里見自身はその前に神津に口淫で達かされていたので、同時には達かなかったが、同じくらい深い愉悦を得ることができた。

「大丈夫か」

神津は事後も優しかった。

里見を抱き寄せ、髪に指を差し入れ、頭皮を撫でる。

神津の汗ばんだ胸板に身を寄せて横になっていると、自分が欲しかったのはこうした温もりだったのではないかと思えてきた。

頬や額をそっと撫でる指の感触が心地よく、いつまでも感じていたいと思ったが、やがて里見は寝入ってしまっていた。

意識が落ちる前に感じたのは、額に触れてきた唇の柔らかさだった。

形ばかりとはいえ式を挙げたことで、里見《さとみ》の意識は少なからず変わってきた。

正確には、男の体のままでいいから式と披露宴は行わなければいけないと決まってから、自分はこの男と結婚するのだという気分を否応もなく高められ、衣装合わせだ結婚指輪の準備だと、支度を調えていく間に、徐々に洗脳されていった気がする。

恋愛感情の有無にかかわらず、結婚してセックスをし、家族という共同体を形成することは可能だ。昨今は同性間でも結婚という観念が浸透しつつあるので、男同士もなしではない程度には受け入れられる。

神津《こうづ》を愛しているかと聞かれたら、それはないと否定するが、キスをされても体のどこに触れられても嫌悪感はないし、互いの湿った器官を繋いで一つになる行為は気持ちがいいので、少なくとも嫌いでないことは認めざるを得ない。

仰々《ぎょうぎょう》しくも厳《おごそ》かに神の前で結婚すると誓わされた日を境に、神津は里見を自分の身内として扱うようになった。それまでは、用事があるとき以外は話しかけてこなかったのだが、『結婚』してからは当たり前のように「今日は五時に帰る」「今夜はたぶん遅くなる」と言って出掛けるようになった。

「ボストンに住んでいる祖母が来月八十になるので、何か適当なプレゼントを見繕い、俺の名義で送っておいてくれ」

あるとき里見は神津にそんなことを頼まれた。

神津抜きで初めて一人で外出する機会が訪れた。見張り役の部下はもちろん同行するが、お付き兼ボディガードに近い感じだ。

家族に縁の薄い里見は、いきなり八十歳の女性に贈る品探しを頼まれて困惑したが、膝掛けやガウンのようなものでいいと神津に言われ、気分転換を兼ねて出掛けた。

神津はアルファロメオの他にも車を二台所有している。そのうちの一台に乗ってマンションを出た。外出するのは結婚式以来十日ぶりだ。神津の部下は二人付いてきた。一人は車を運転し、もう一人は後部座席に里見と並んで座った。

里見の横にきた男は、挨拶《あいさつ》の一つもしてこず、横柄《おうへい》な態度でガムをずっとクチャクチャ嚙んでいる。これが本当に神津の部下かと眉を顰《ひそ》めたくなるほどがさつでふてぶてしい。神津に対しては謙《へりくだ》っても、里見にまで諂《へつら》う気はないと言わんばかりだ。神津も案外見る目がないなと思い、少なからず失望した。

車はマディソン通りに真っ直ぐ向かい、老舗《しにせ》デパートの前で停まった。

まだガムを嚙み続けている男が先に降りてドアを支え、里見が降りるのを待つ。

「おまえ名前は？」

「ベッペ・コネサ」

「じゃあベッペ、今すぐその目障《めざわ》りな口の動きを止めろ。でなきゃ、おまえはここに残れ」

里見の言葉にベッペは人を小馬鹿にした顔をして肩を竦め、険しい目つきで睨《ね》めつけてきた。

「鼻っ柱の強い奥さんだな。俺にそんな口を利くと後悔するぜ」

不穏《ふおん》なセリフを吐いて凄んできながらも、ベッペはガムを律儀に紙に包んで捨てた。

「ほら、さっさと行きな。寄り道しようなんて思うなよ。俺に色目を使ったって無駄だ。あんたの旦那は見かけによらず恐ろしい御方《おかた》だからな」

「色目を使う相手ぐらい選ぶから心配無用だ」

里見は負けずに言い返すと、脇目も振らずに目的の売り場へ行き、さして迷うこともなく八十の老婦人が好みそうな膝掛けを選んだ。

支払いはベッペがする。里見は神津からカードはもちろん一セントの現金も預かっておらず、隙を突いて逃げたとしても電車にも乗れない有り様だった。

品物をプレゼント用に包装して配送するよう頼み、伝票に送り先を記入して手続きをすませたあと、里見は化粧室に行った。

「ご婦人用は奥だぜ。間違えるなよ」

一家の間では里見は去勢手術を受けたことになっている。ベッペも当然そういう目で里見を見ており、下卑《げび》た調子で揶揄《やゆ》してきた。

「こっちにも個室はある」

里見は無愛想に返すと、男性用のドアを押し開けた。

ベッペはチッとつまらなそうに舌打ちし、出入り口のすぐ横にある待合用の椅子にドサッと腰を下ろす。中までついて来られなくて里見はホッとした。

男性用化粧室には最初誰もいなかった。

里見が用をすませて洗面台で手を洗っていると、帽子を目深に被《かぶ》った男がふらりとやって来て、里見の横に立つ。

「よお、里見さん」

低めた声でいきなり話しかけられ、里見はギョッとした。

「おまえ、ホアン・ミンか」

聞き覚えのある声に、まさかと思いつつ帽子の下を覗《のぞ》き込み、間違いないとわかる。サングラスを掛けて人相をわかりにくくしているが、顔の輪郭《りんかく》と唇のねじ曲がり具合から判別できた。

中国側との取り引きで何度か世話になった裏社会のコーディネーターだ。

「ずいぶん探したぜ。この間の取り引きのあと、約束の報酬が支払われないまま消息不明になるから、どうしたのかと思ってさ。あんたに限って、俺に払う金が惜しくなって逃げるようなまねはしないと信じちゃいたが、まさかコンパニオーニ一家に捕まってたとはなぁ」

「報酬のことは悪かった。それどころじゃなかったんだ」

里見は時間を気にして手短に話した。

「連絡する手段がなかった。今も俺に見張りがついているのは知ってるだろう」

「ああ。化粧室の外にガラの悪そうなのがいたな」

「神津奨吾《しょうご》って男のところに今いる」

「知ってる」

ホアンはニヤニヤと人の悪い笑みを浮かべ、サングラス越しに里見を冷やかすように見る。

「コンパニオーニ一家が絡んでるようだとわかったのが三週間ほど前だ。あんたが泊まっていたチェルシーのホテルに訊《たず》ねたら、取り引きの日の翌日、イタリア訛《なま》りの男があんたの代理だと言って荷物を引き取ってホテル代を精算していったと教えてくれた。さらに二日後、取り引きのあった晩にコンパニオーニ一家のカポレジーム、ブラスコをブロンクスの廃倉庫付近で見たって情報を入手した。で、ブラスコの周辺を探りつつ、やつの動向を追っていたら、ボスの信頼厚いコンシリエーレが結婚式をする、しかも日本資本のホテルで神前式の挙式をするってことがわかって、もしやと思ったんだ」

どうやらホアンは花嫁に扮《ふん》した里見を見たらしい。下世話な想像をしていることを隠そうともしないホアンのいやらしい目つきに屈辱《くつじょく》を感じ、里見は歯軋《はぎし》りしそうになった。

「いやぁ、前からあんたの美貌にはシビレていたが、女装があんなに似合ってふるいつきたくなるような美女に化けるとは恐れ入ったぜ」

「好きであんな茶番に付き合ったわけじゃない。神津が俺を自分の女にするとかぬかしたから、式まで挙げさせられるはめになったんだ」

ホアンには爪の先ほども神津を受け入れていると思われたくなくて、里見は神津を蛇蝎《だかつ》のごとく嫌っている振りをした。どうにかして逃げたいが、監視が厳しくて逃げられない。助けを求めようにも外とアクセスする方法がなかった。できるならすぐにでも日本に帰国したい。ホアンへの言い訳と同時に、自分自身にもそうだろうと言い聞かせる。

「金はまだ隠し口座に持っているんだな？」

ホアンは狡猾《こうかつ》そうな顔をして、抜かりなく里見に確かめる。

「ああ。帰国できるように偽造パスポートと当面の資金を調達してくれたら、この前の未払い分と今回の謝礼と併《あわ》せて払う」

「しめて二十万ドルだ」

足元を見てふっかけやがってと怒りが湧いたが、他に選択肢はない。ホアンも里見が断れないと承知で、この取り引きを持ちかけるためにここまで尾《つ》けてきたに違いないのだ。

「あいつのところから逃げ出せて自由の身になれたら、すぐにおまえの口座に振り込んでやる」

「話が早くて助かるぜ」

ホアンはしてやったりと言わんばかりに捩《よじ》れた唇をさらに歪ませ、ヤニで黄ばんだ歯を剝《む》いて

笑った。

「これからも積極的に外出の機会を作れ。外に出てくれさえすれば、俺のほうで必要なときにどうにかしてあんたと接触する。今日みたいにな」

「わかった。任せる」

そろそろ時間切れだった。これ以上手間取ればベッペが怪しんで化粧室を覗きに来るだろう。

案の定、里見が化粧室のドアを引き開けたとき、まさに今ドアに手を掛けようとしていたベッペがそこに立っていた。

「遅ぇぞ！　いつまで待たせるつもりだ」

「まだ慣れないせいでいろいろ時間がかかるんだ」

里見は神妙な顔をしてもっともらしく言うと、ベッペを押しのけるようにして化粧室を出た。

去り際に横目で確かめたが、ホアンは素早く個室に隠れたらしく、姿を消していた。ベッペは里見の後から化粧室に入っていった男のことを怪しんでいる様子はなかった。

久々の外出は目的を達するだけの味気ないもので、二時間あまりですんだ。

その日、神津は九時過ぎに帰宅した。

帰宅する際、神津はわざわざ自分の家の呼び鈴を鳴らす。結婚式を挙げてから神津が始めた新たな習慣だ。鍵は自分で持っているのだからそんな必要はないはずだが、里見に帰ったことを知らせるためにそうするようにしたらしい。神津が帰ってきたとわかっても、里見はわざわざ迎えに出はしない。神津もべつにそれを望んで呼び鈴を鳴らしているわけではないらしく、顔を合わせるのが一時間後でも翌朝でも、文句は言わない。帰宅するなり書斎に籠《こ》もり、キングサイズのベッドに潜《もぐ》り込みにきたのが明け方の三時や四時だった、ということも二度ほどあった。

しかし、その日は一言神津にお祝いの品を手配したと報告しておきたくて、結婚後初めて神津を迎えに玄関ホールへ足を運んだ。

そのつもりで近くの客間にいたので、神津が靴を室内履きに替えているところに間に合った。

「……お帰り」

なんとなく照れくさくて声をかけるだけで脈拍が上がる。

「ああ。ただいま」

神津も少々面食らった様子だった。

里見を見た顔に、どういう風の吹き回しだという驚きと、まんざらでもなさそうな喜色《きしょく》がじわりと浮かぶ。

今まで見せてもらったことのない表情に里見はドキリとして、なんだかよくわからないが胸にくるものがあった。気恥ずかしさが先に立ってすぐそれどころではなくなったが、しばらく動悸が治まらなくて困った。

「あんたに頼まれた件だけど」

里見は普段と違わないように振る舞うため、いつも以上に突《つ》っ慳貪《けんどん》に切り出した。

「結局、膝掛けにした。あんたのばぁさんと一面識もない俺が適当に選んだものだから、好みに合うかどうかわからないが」

「俺が選んでも同じことだ」

神津は持っていた書類鞄《かばん》を里見に渡す。あまりにも自然なしぐさだったので、里見も当たり前のように腕を伸ばして受け取っていた。そうすることに何の違和感も覚えなかったのが我ながら不可思議だ。

「祖母とはここ数年会っていないし、何を贈っても気に入らないと不平を言う人だ。それでも、両親が離婚したとき母親に押しつけられた俺を十八まで育ててくれた恩人だから、節目ぐらいは何か贈りたかった。それだけの話だ」

「前から思っていたんだが、あんたは自分のことをわりと話すんだな」

里見自身は他人に自分の過去を話そうなどと思いもしないので、そこはちょっと意外だった。神津も自分と同じタイプのような気がしていた。

「そうだな。きみといると、どういうわけかつい自分のことを話したい気持ちになる」

神津も里見に指摘されてそういえばと気づいたようで、目を眇《すが》めて納得のいかなそうな顔をしていた。誰にでもこんなふうに話すわけではないらしい。

「それより、右腕はもう完全に治ったのか」

「あ、ああ」

里見は右腕に視線をやって頷《うなず》いた。

「式を挙げたときはまだちょっと動かしづらかったんだが、その後は特に痛みもないし、無理もしていないから忘れていた」

「また折られるような不始末はしないように気をつけろ」

さらっと凶暴な警告をされて、里見はギクリと身を硬くする。

昼間ホアンと交わした会話が脳裡《のうり》を過《よぎ》り、まさかバレてはいないだろうなと不安が込み上げる。

ベッペの間抜けが気づいた様子はなかったので、神津の言葉に深い意味はないと思うのだが、心臓に悪いことこの上ない。

「もう骨を折られるのは二度とごめんだ」

里見は疚《やま》しいことなど何もないように装い、懲《こ》り懲《ご》りしたという表情で言う。

「あの嫌な音がまだ頭にこびりついている。思い出すたびに気持ちの悪い汗が出て鳥肌が立つ。あんたも一度経験したらわかるよ」

「震えているのか」

「……また、思い出した」

実際、里見はこのことに触れただけで折られたときの恐怖と激痛を蘇《よみがえ》らせ、総毛立つほど気分を悪くしていた。

神津が黙って里見の体を引き寄せる。

預かっていた鞄も取り返され、右腕一本で力強く抱擁《ほうよう》された。

こうやって神津と体をぴったり寄せ合い、神津の温もりと、ほのかにトワレの香りが混じった匂いに包まれると、徐々に震えが止まってきた。胃が迫り上がってくるような苦しさも治まる。

「俺を裏切るな。そうすれば俺はきみに酷いことはしない」

「あんたは俺を抱くくせに」

なんでもいいから憎まれ口を叩かずにはいられない雰囲気だったので、里見は心にもない絡み方をした。結果、いかにも拗《す》ねているようになってしまって、かえってきまりの悪い思いをすることになったのだが、取り消すわけにもいかない。

「妻を抱くのは夫の務めだ」

いったいどんな顔をしてこういう面映《おもは》ゆいセリフを口にするのか、里見は神津という男がときどきわからなくなる。似合わないと嗤《わら》おうとするが、嗤えない。冷めているようで熱かったり、実利主義のようでロマンチストだったりする神津の二面性をたびたび見せられて、そんな神津が嫌ではないからだ。

「先に、ベッドで待っていろ」

神津は反則だろうと抗議したくなるほど色っぽい声で囁くと、抱擁を解いて里見の肩を軽く押しやり、歩くように促してきた。

話の流れからこうなるように誘ったのは里見のほうに違いなかったが、里見は素直に神津の言うことを聞くのが気恥ずかしくて顰《しか》めっ面《つら》をする。

「またかよ」

「明日はたぶん明け方まで帰れない。その分も今夜しておいてやる」

「嫌だ。断る。そのデカいので何回もされたら壊れる」

「きみは明日起きなくていい」

「そういう問題じゃない」

連れ立って家の奥へ向かいながら、他愛のない言い合いをする。

口では嫌だと言いつつも、体は早くも抱かれることを期待して疼《うず》きだしており、里見はそれを神津に気取《けど》られまいと必死だった。自分だけ欲しがっていると悟られるのは屈辱だ。神津はめったなことでは欲情を悟らせず、いつその気になったのか、今どのくらい昂《たかぶ》っているのか、実際体に触れてみなければわからないことが多い。恐ろしく自制の利く男だ。

神津は里見にセックス以外の義務を強《し》いないが、だからといって体だけが目当てで里見を手の内に収めたという、がっついた感じは受けない。結婚してからは主寝室に据えられたキングサイズベッドで同衾《どうきん》しているが、一緒に寝るからといって毎晩求められるわけでもなく、二日続けてしなかったこともある。仕事や出張で家にいないときもある。何もしないでただ隣で寝ているときなど、案外神津にとってもセックスは義理なのかと思うことがあるくらいだ。決してわかりやすい男ではない。

鞄を置きに書斎に入っていく神津の背中を見送って、里見は言われたとおり主寝室に行った。

こんなとき、どういう格好で待っていればいいのか悩む。

しばらく着衣のままでベッドの端に腰掛けていたが、十分以上経っても神津が来ないので、服を脱ぐついでに軽くシャワーを浴びることにした。すでに入浴はすませていたが他にすることを思いつかない。

シャワーに全身を打たせながら、里見は神津のことばかり考えた。

今度、神津よりも早く起きて朝食の準備をしてやったら、どんな顔をするだろう。

里見は料理などまともにできないし、いつも神津よりずっと遅くに起きるので、神津がどんな朝食をとっているかも知らない。かえって迷惑だと苦い顔をされるかもしれないが、一度神津を驚かせてみたかった。

濡れた体にバスローブを羽織ってタオル地のスリッパに足を突っ込み、ドアを開けて出ていくと、寝室が薄暗くされていた。

カーテンを閉めた窓の傍《そば》に神津の姿がある。

神津も浴室で湯を使ってきたらしく、ちょうどバスローブを脱ぎ落としたところだった。

窓際に置かれたスタンドが黄白色のあたたかな灯《あか》りを放つ中、惚れ惚れするほど見事な筋肉に覆われた背中が露《あらわ》になる。

里見は思わずこくりと喉を鳴らしてしまった。

神津の体に目が釘付けになる。

シャワーを浴びて静めていたはずの欲情が再びムラムラと頭を擡《もた》げだすのがわかり、己の節操のなさに狼狽《うろた》えた。

まだ何もされないうちから、もう下腹部に熱が溜まりだしている。

それよりさらにはしたないのは、貫《つらぬ》かれる快感を期待して猥《みだ》りがわしく喘ぎ始めた後孔だ。

「邪魔なものは脱げ」

こちらを振り返った神津にぶっきらぼうに言われ、ハッとして我に返る。

「たまには優しく脱がせてくれてもいいいんじゃない」

神津に見惚れていたと思われては癪《しゃく》だったので、余裕ありげに冗談めかす。

神津はピクリと眉を動かしたが、むすっとした表情自体は変えず、ばかばかしいとでも言いたそうに口元を引き結ぶ。そして、さっさと先にベッドに上がり、布団を被った。

照明が絞られた中、神津の顔に僅《わず》かに赤みが差していたように見えて、自信を持ってそうだったとは言い切れないが、里見にはどうしてもそんな気がしてならなかった。

初夜に拘《こだわ》りを見せた神津を揶揄したときにも、これと似た感触を受けたことを思い出す。

照れを不機嫌な顔でごまかす神津には親しみを感じる。いい歳をした男を相手に使う言葉ではないが、可愛いとも思う。

なんだか急に我が儘《わがまま》を言いたくなって、里見はバスローブを着たまま神津の横に潜り込んだ。

「脱がせてあんたが裸にしろよ。したいなら」

生意気に言った里見を、布団を剝《は》いで起き上がった神津が荒々しく押さえつけてくる。

スプリングが軋み、いっきに昂奮《こうふん》が高まった。

バスローブの襟に両手を掛けて胸板を大きくはだけられる。

粗暴で容赦ない手つきではあったが、誘ったのは里見自身なので望むところだった。

「脚を開け」

「嫌だ。もっと手順を踏めよ、旦那様」

キスから始めて乳首や脇や太股、そしてもちろん性器もたっぷり弄《いじ》って欲しくて抗《あらが》う。

その反面、たまには強引に、いきなり挿入されるのも悪くないと思ってもいた。

要するに里見は神津を信頼して身を任せていて、神津にならどんなふうにされてもいいという気持ちが少なからずあるのだ。

神津はバスローブの腰紐を外す手間も省き、里見の両脚を抱えて割り裂き、入浴したてのしっとりとした内股の感触を堪能《たんのう》するように手のひらで撫で上げてきた。

「ンンッ」

心地よさにあえかな息が洩れる。

神津の指は巧みに動いて里見をうっとりさせる。

薬指に嵌めた指輪の硬さと冷たささえ性感を高めるために使われる。勃起した陰茎の先端に押しつけられたり滑らされたりしては、感じてしまって顎《あご》を仰け反らせ、喘いだ。

枕元に用意されていた潤滑剤を後孔に施され、神津が剛直を進めてくる。

「アアアッ、アッ」

いっきに奥まで深々と突き上げられて、里見はシーツから背中を浮かせて身悶《みもだ》えた。

「ああ、あ、嫌だっ。ふ、深……深すぎるっ」

「きみが煽《あお》るからだ」

神津の声は珍しく上擦《うわず》り気味だった。

里見の中をみっしりと埋めた太くて硬い肉棒が躍動的に脈打っているのがわかり、里見も引きずられるように昂奮を高めた。

「一晩かけて責任を取れ」

そんな、と抗議しかけた唇を、上体を屈めて顔を近づけてきた神津に塞いで奪われる。

神津は本当は情の深い男なのではないかと里見は思う。

敵に回せば酷薄《こくはく》で厳しく厄介な男に違いないが、いったん身内にしたものに対しては、それこそ身を挺《てい》して守り抜く強さと優しさを持った男だという気がする。

このまま、裏切りさえしなければ。

「ああ、う、うっ、あっ、あ、あああっ」

張り詰めた剛直を抜き差しされて絶え間なく泣き声を上げさせせられながら、里見は心を乱れさせていた。

ホアンのほうから里見に接触してきてくれたおかげで、この状況から脱することのできる可能性がぐんと高くなった。二週間もすればホアンは里見のために偽造パスポートを用意するだろう。本物はおそらく神津の許にあるはずだが、それを奪い返す手段は今のところない。

神津を出し抜き、日本に帰る。

自由になる。また元のとおり、気ままな一匹狼に戻れる。

それなのに、手放しで喜べない。

「アアッ、激しいっ、激しすぎるっ！」

どんどん抽挿《ちゅうそう》を激しくされて、里見は惑乱したように叫び、悲鳴を上げた。

「征爾《せいじ》。征爾」

神津が里見を熱っぽく呼ぶ。

腰の動きはますます速く大きくなり、里見はもう何も考えられなくなった。

神津の汗が里見の肌に降りかかってくる。

常に纏《まと》っている官能的なトワレの香りが熱で強くなり、汗の匂いと混じって里見の欲情を掻き立てる。

「ああ、いいっ。あっ、あああっ」

最後は里見も夢中で神津を呼び、汗ばんだ背中に両手で縋っていた。

「イク、イクッ。奨吾っ」

里見の中で神津が一際大きく脈打つ。

最奥《さいおう》に子種を撒き散らされるのがわかり、里見は愉悦に酔い痴《し》れた。

互いの腹の間で擦り立てられていた里見の性器も、神津に摑み取られて扱《しご》かれると、あっという間に弾けた。

勢いよく放った精液が胸元にまで飛んでくる。

神津はその白濁を掬《すく》い取ると、里見の尖った乳首に擦りつけ、さらに口に含んで舐めしゃぶる。

「んんっ、んっ、あ」

気持ちがよくて、里見は神津の髪に指を差し入れ、胸にしっかり頭を抱いて撫で擦った。

神津自身を好きなのかどうかは正直よくわからないが、こうした事後の一時はなにものにも代え難い。

この心地よさを自ら進んで失ってもいいのか、ふと不安を掻き立てられ、己の判断に自信が持てなくなる。

なるようになれ、という行き当たりばったりで今までずっと生きてきたが、もうそれでは自分自身を納得させられなくなっているのかもしれない。

薄々そう感じてはいても、これからどうするべきか、自分はどうしたいのか、すぐにはまだ決められそうになかった。

*

一日中家に籠もっていてはすることがなくて退屈だ。

読書、音楽鑑賞、映像ソフト鑑賞——家の中でできることは限られている。

家事は通いのメキシコ人家政婦がこなしていて、よけいな手伝いをしようものなら、私の仕事を取らないでと、本気で怒ってクレームをつけられる。奥さんには奥さんの務めがあるでしょ、と意味深な目をして言われたこともあり、嫌な気分を味わわされてまで彼女にかかわりたくもないので、家事にはいっさい手を出さないことにした。

神津の祖母に贈る記念の品を買いに行って以来、里見は一度も外出しないまま代わり映《ば》えしない日々を過ごしている。

相変わらず書斎は立ち入り禁止で、家には固定電話は引かれておらず、里見は外の世界とは連絡を取る術がないままだ。

里見が外に出ない限り、ホアンと接触することは難しい。

だが、今は迂闊《うかつ》に連絡を取り合わないほうがいいと里見は考えているので、焦《あせ》りはしていない。

ホアンの手配で偽造パスポートが完成するまでに、少なくとも十日から二週間はかかるだろう。

その間はどのみち動きようがない。

どちらかといえば、里見は神津を裏切ることに躊躇《ためら》いを感じだしていた。自由になりたい気持ちと同じくらい、このままここで神津と暮らすのもありかもしれないと思う自分がときどきいて、里見を戸惑わせる。

家の中に閉じ込められ、外には常に見張りがいて、神津の許しがなければ外出もままならないが、神津自身には生理的な嫌悪を感じず、一緒にいるのが苦痛でない。一つのベッドで寝ることにも抵抗はなく、セックスはひたすら気持ちがいい。男に抱かれるなど屈辱と苦痛以外何も生まないと恐れていたが、神津がよほどうまいのか、されてみたら思いのほかよくて、うっかりすると嵌まりそうなほどだ。週に三度か四度はシーツに押さえつけられ、脚を開かされては猛々しい陰茎で容赦なく貫かれ、喘がされている。淡泊そうな顔からは想像もつかないほど神津は性的に強く好色《こうしょく》だ。だが、決して溺《おぼ》れることはなく、強靭《きょうじん》な精神力からくるのであろう自制心を持っている。里見だけを立て続けに達かせてどうにかなりそうなほど乱れさせておきながら、自分は最後まで禁を解かず、冷徹な観察者に徹することもある。性欲や情動さえ理性でコントロールできるのかと舌を巻く。

今はまだ神津も里見を信用しておらず、自由に行動させたら逃げるのではないかと疑っているきらいがある。式まで挙げて里見の薬指にプラチナの指輪を嵌めさせても、社会的にはなんの縛りもない赤の他人同士だ。里見が上辺《うわべ》だけでなく心の底から従順になり、逃げる気をなくしたと判断するまでは慎重に様子見するつもりだろう。

神津自身は式の日以来ずっと指輪をしたままだが、里見は慣れないので嫌だと言って、ベッドサイドチェストの引き出しにケースごと仕舞ったままだ。神津も里見に指輪を四六時中しておけと強要することはない。

神津はウイークデーはほとんど家にいない。自ら起ち上げ、CEOを務める企業に毎日規則正しく出社し、夜は用事がなければ五時過ぎには帰宅する。用事がないことは稀《まれ》で、たいていは九時過ぎだ。午前様だったり、帰宅しない夜もある。いずれの場合も神津は出がけに自分の予定を里見に伝えていく。予定が変わるときには、見張り役をさせている男を通して連絡を入れてくる。律儀な男だ。

一度冗談半分に、

「今夜は別の愛人宅にお泊まりか」

と帰宅しないことを揶揄したら、背筋に刃物を当てられたような怖い目で睨み据えられ、冷静沈着だがゾッとするような響きを含んだ声音で言われた。

「俺は浮気はしない。きみもしようなどと考えるな。外にいる監視役にも、俺のものに手を出したら性器を切り落として口の中に詰めてやると言ってある。むろん本気だ」

「わ、わかっている。冗談だ……」

普段は穏やかで理性的なだけに、いざ神津に凄まれると身が竦んで全身に鳥肌が立った。

「わかったら明日の夜までいい子にしていろ」

「待ってくれ。本当に、毎日退屈で死にそうなんだ」

この際だと里見は開き直り、出ていきかけた神津に不満をぶつけた。

神津は胡乱《うろん》なまなざしで里見を一瞥し、聞く耳を持たない感じでさっさと大股で出ていった。しおらしくなかったのか、何を企《たくら》んでいる、と言わんばかりの目つきだった。しおらしくして頼めば少しは里見の身になって譲歩してくれないだろうかと期待したのだが、甘すぎたようだ。

以来里見は神津によけいな口を利くのはやめた。

痛くもない腹を探られては、いざというとき動きづらくなる。

今はまだホアンと一度接触しただけで、里見のほうには事を起こしている意識も覚悟もまだそれほど強くない。二十万ドルは魅力的な金額に違いないが、マフィアに逆らうという危険な橋を渡るのはやはり得策でないと、ホアンが気を変えないとも限らない。

正直なところ里見はそれでもいいと心の奥底で思っていた。

神津を裏切れば、世界のどこへ隠れても見つけ出され、今度こそ死んだほうがマシだと叫びたくなるような凄惨《せいさん》な制裁を受けるかもしれない。ここからは逃げられたとしても、その後一生神津の影に怯え、おちおち夜も眠れない生活を送るのかと思うと、それよりはまだ今のままでいるほうが安寧《あんねい》としていられる気がする。

おとなしくしていれば酷いことはしないと神津は言う。

それはおそらく嘘ではないだろう。

里見が神津に従順な妻でいる限り神津は優しい。可愛がってもくれる。ただ、外の世界から隔絶して自由にさせてくれないだけだ。はじめのうちはそれがもう嫌でたまらなかったが、恐ろしいことに、一月以上もこの状態が続くと徐々にそうした境遇に慣れてきたのか、前ほど不満を感じなくなった。

逃げたい気持ちと、このままでいいと思う気持ちが里見の中で鬩《せめ》ぎ合う。

里見は決意を固めるのを先延ばしにし続けていた。

ホアンがパスポートを用意してきたら、もはや後には引けない。逃亡が成功しようがしまいがホアンは里見に報酬を払えと要求するだろう。金を用意するにはここから出る必要がある。神津の監視下では電話一本かけられず、秘密預金があっても動かせない。ホアンは一度金づるとして目をつけた相手には蛇のようにしつこく纏わりつく男だ。決して善意で逃亡の手助けをしてやると里見に近づいてきたわけではない。それを承知で里見もホアンに協力を求めた。あの場で即断するまでの潔《いさぎよ》さはなかったのだ。とりあえず可能性を繋ぎ止めておくべきだと咄嗟《とっさ》に思った。今ではそれをじわじわと後悔している。だがもう、後の祭りだ。

いっそホアンと二度と接触する機会を持てずにいるほうがいいかもしれない。それなら里見も言い訳が立つし、ホアンも諦めるだろう。逃亡のチャンスはまた別の方向から訪れるかもしれない。もっとも、里見には親身になって心配してくれる友など一人もいないので、次にチャンスが来てもそれを金で買うことになるのは同じだ。ただ、少しでも迷いがあるうちは動かないほうがいい気がする。今回は流したほうがいいのではないかと消極的になりかけていた。

毎日退屈で死にそうだと訴えた数日後、神津は帰宅するなり里見に告げた。

「再来週の土曜日、マウリツィオが自宅でパーティーを開くので、夫婦で招待を受けることになった。ドレスを新調しておけ」

「マウリツィオって、確かアンダーボスだよな」

「そうだ。粗相《そそう》のないように気をつけろ」

結婚式以来、揃って出掛けるのは初めてだ。コンパニオーニ一家の面々の前でまた神津の妻として振る舞わなければいけないのかと思うと緊張する。女装自体は嫌いではないが、それは、何も知らない相手を騙《だま》して内心嘲笑《あざわら》うのが楽しいからだ。元々里見が男性だと知っている連中に女装姿を見せるのは屈辱以外の何ものでもなく、話を聞いた途端《とたん》に気が重くなった。

できれば遠慮したかったが、神津が里見の気持ちに配慮するはずもなく、命令に従うのみだ。

翌日さっそくドレスブティックへ行った。披露宴で着用した銀色のドレスを仕立ててくれたのと同じ、ゲイのデザイナーがオーナーの店だ。

この外出中にホアンが隙をみて接触してくるのではないかと身構えていたが、ホアンは現れなかった。マンションの車寄せから店先まで車で移動し、常連客しか訪れない高級ブティックの貴《き》賓《ひん》室でオーナーとドレス製作の打ち合わせをして、その後再び車に乗せられて帰宅の途《と》に就くという状況だったので、接触したくてもしようがなかっただろう。

新しく作るドレスは、肩を露にするホルターネックで、腰から下はふわりと膨《ふく》らませることになった。上半身は体にぴったりフィットさせてセクシーさを強調し、下半身は若々しく清楚なシルエットにする。生地は艶のある黒を選んだ。肩や二の腕を露出するのはあまり好きではないのだが、デザイナーが絶対に里見なら大丈夫、似合うからと言って譲《ゆず》らないので、渋々承知した。実際に着てみせたとき、神津が苦い顔をしさえしなければいい。

翌週仮縫いのためにまたブティックを訪れたときには、ドレスに合わせてウイッグと宝飾品もデザイナーが見繕ってきていた。見てくれは髭《ひげ》の濃いお洒落《しゃれ》な中年だが中身はかなり女性寄りらしいこの業界では名の知られたデザイナーは、里見をすっかり気に入ったようだ。着せ替え人形のようにいろいろと試させては「どれも似合いすぎて悩む」と愉《たの》しそうにする。

ドレスとそれに合わせた靴やストッキング、コルセットなどの下着類、イミテーションではない本物の宝飾品、人毛を使用したウイッグなどで、支払いは十万ドルを超えたはずだが、気にする必要はない、とデザイナーは里見と向き合ってお茶を飲みながら心得た様子で言う。

「一目惚れしてメロメロになった人を奥さんにできて、その奥さんを綺麗に装わせるためならこの倍かかっても彼平然と払うから」

一目惚れもメロメロもデザイナーの勝手な脚色で、違うと否定したかったが、本当の経緯を言うわけにもいかず、里見は曖昧《あいまい》に口元を緩めるだけにしておいた。

代わりにふと思いついて、神津の過去の恋愛遍歴を知っていそうなデザイナーに聞いてみる。

「恋人には以前から金払いがよかったんですか」

「あら。もしかして妬《や》いてるの？」

「そういうわけじゃ……！」

「でも気になるんだ？」

畳みかけるように揶揄され、里見は違うと言い切れなかった。

気にならないと言えば嘘になる。

「彼、バイだからときどき女性とも付き合ってたけど、一人と長く続くことがなくて、ここには誰も連れてこなかったよ。長く続かなかったというより、続ける気がなかったって感じかな。男と付き合ってるときは相手にドレス着せようなんて微塵《みじん》も考えなかったみたいだし。要するに奥さんが特別ってこと」

デザイナーはきちんとネイルを施した爪を満足げに眺めながら神津の話を聞かせてくれた。

「クセのある男だけど、とびきり上等なのは間違いない。私が保証する。少しくらい不満があっても彼を信じてついていけば幸せになれるから、早まらないほうがいいね」

最後はまるで里見の気持ちを見透かしたように釘を刺され、ギクリとした。

ドレスはパーティーに間に合うよう大急ぎで仕立てられ、前日には無事里見の許に届けられた。

クローゼットに仕舞う前に試しに一式身に着けてみる。

化粧こそしなかったが、パーティー用に華やかにアレンジされたウイッグを被ると、我ながら見惚れるほどの美女が鏡の中から里見を見つめ返す。これなら神津も文句は言わないであろう満足のいく出来映えだった。

着替えに熱を入れすぎていたせいか、里見は神津が帰宅したことに気づいていなかった。今朝出勤するとき、午前様になるかもしれないと言い置いて行ったので、まさか午後九時過ぎに帰宅するとは思っておらず、完全に油断していた。

「よく似合っている」

突然声をかけられ、はっとして振り返る前に姿見の端に神津の姿が映っていることに気づいた里見は、秘め事の最中を見られたかのごとく狼狽え、恥ずかしさのあまり頭が混乱した。

「か、勝手に人の部屋に……！」

お帰りなさいより先に抗議の言葉が口を衝く。

耳朶《じだ》まで火照ってきて、もう鏡を見る勇気はなくなった。

「ノックしようとしたらドアに隙間ができていたので、逆に不在かと思って覗かせてもらった」

神津はいったん自室に寄ってきたらしく、スラックスとシャツだけ身に着けている。ネクタイを抜き去ったシャツはいくつかボタンが外されており、逞しい胸板が隙間から垣間見《かいまみ》える。

「もっと遅くなると言っていなかったか」

「一つ約束がキャンセルになった」

言いながら神津は大股で里見の傍に歩み寄ると、まだ動揺が去らずにぎくしゃくしている里見の細く絞った腰に腕を回してきて、グッと抱き寄せた。

体を密着させた途端、官能的なトワレの香りがふわりと里見を包み込む。同時に神津の体温も感じて、体の芯がはしたなく疼きだした。

神津は里見の唇を塞ぎ、粘膜の接合を愉しむようなキスをすると、伏せた睫毛《まつげ》にも舌を伸ばしてそよがせる。擽《くすぐ》ったさに里見は頰を引き攣《つ》らせ、僅かに身動《みじろ》ぎした。

「……もう離せよ。せっかくのドレスが皺になる」

「だったら脱げばいい」

耳元に唇を近づけられ、湿った熱い息をかけられながら艶めいた声音で囁かれる。

それだけで里見は腰が砕けそうになり、理性を蕩《とろ》かされて神津に抗えなくなった。

神津は女物のドレスを慣れた手つきであっという間に脱ぎ落とさせると、窮屈な補整下着で締め上げて普段以上に細くなった里見の体を易々と横抱きにした。

「ちょっ、ちょっと待て……うわっ」

結婚してからは一度も使っていなかったセミダブルサイズのベッドに下ろされ、すかさずベッドに上がってきた神津に押さえつけられる。

「待てって。嫌だ、ばかっ」

「すぐ終わらせる」

神津は女装した里見を見て欲情したらしく、ウイッグを本物の髪のように撫でて、その指を頰にも滑らせつつ、逆らうことを許さない横暴さで言う。

ストッキングを履いた脚を持ち上げ、ハイヒールを脱がせて床に投げ捨てる。

ガーターベルトで留めたストッキング履きの脚を見られるのはかつてないほど屈辱的で、里見は激しい羞恥心に襲われた。下着も当然女性ものだ。レースをふんだんに使った贅沢《ぜいたく》で繊細な小さな布を膝のあたりまでずり下げられ、里見は息を呑んで目を固く閉じた。

窮屈な布から解放された里見の陰茎は、ごまかしようもなく形を変えつつあった。神津の腹の下に敷き込まれ、脚を持ち上げられて股間を剝き出しにされただけで昂奮してきて、たちまち芯を作りだしたのだ。

「久しぶりに女を抱きたい気分になった」

「ばかやろう。それならどこかで本物の女とヤッてこい」

「きみがいるのに、そんな面倒なことをする必要はない」

神津はどこか感覚がおかしい。理解できなくて里見は眩暈《めまい》がしそうだった。

ビスチェについた胸のカップをずらされ、中に入れておいた厚手のパットを外して、乳首を摘まれる。

「やっ、あ、ああんっ!」

乾いた指で強く擦られ、里見は顎を仰け反らせて嬌声《きょうせい》を上げた。

半勃ちの状態だった性器がみるみるうちに嵩《かさ》を増し、いきり勃つ。

神津は腕を伸ばしてベッドサイドチェストから潤滑剤入りのボトルを取った。里見の部屋にまでそうしたものが抜かりなく用意されているのは以前から承知していたが、実際に使うことになるとは思ってもみなかった。

膝に下着を引っかけたまま両脚を揃えた状態で深く曲げさせられ、上向きになった尻の間を開かれる。

「あっ、ひ……っ」

窄《すぼ》まりに冷たい潤滑剤を施され、襞《ひだ》を掻き分け、ぬるつくぬめりをたっぷり塗《まぶ》した指をツプリと埋められる。

「いやっ、ああう……！」

グググッと容赦なく穿《うが》たれる指に里見は身を引き攣らせた。

ビスチェにきつく締めつけられた体は、拘束されているかのような感覚を里見に味わわせる。中途半端に脚に引っかかったままの下着も気になって、いつもと勝手が違いすぎて戸惑う。

「たまには女装したきみとやるのも一興だな。燃える」

神津もビスチェやガーターといった女性用の下着を身に着けた里見を犯すことに昂奮するらしく、脱がせて裸にしようとはしない。

「んんっ、んっ」

長い指を根元まで捻り込まれ、里見は神津の肩を摑んで悶えた。

神津は深々と潜り込ませた指で狭い筒の内側をまさぐり、押し広げ、潤滑剤のぬめりを奥まで擦りつける。

中で指を動かされるたびに、グチュッ、グチュ、と卑猥《ひわい》な水音が立つ。恥ずかしさに耳を塞ぎたかった。頭では嫌だと拒絶しているのに、指を銜《くわ》え込んだ秘部はあさましくひくつき、穿たれたものをもの欲しげに喰い締める。己の淫乱さに赤面し、狼狽えるが、体が勝手に反応して理性を裏切る。

「いっ、やっ、あぁっ。ああ、もうそんなに掻き回さないで。おかしくなるっ」

嬌声を放って腰を淫らに打ち振り、叫ぶ。

「前、びしょびしょだぞ。はしたない」

「ひいっ」

硬く撓《しな》った肉棒を摑まれ、先走りで濡れた亀頭を指の腹で撫で回され、里見は尖った声を上げて顎を仰け反らせた。

「あぁぁっ、いやっ、いや！」

淫液をさらに搾《しぼ》り取るようにゆっくりと陰茎を扱かれ、悶絶《もんぜつ》する。後孔をまさぐり、抜き差しする指の動きとも連動していて、前と後ろを同時に、絶妙な手管《てくだ》で責められ、たまらない。

「あううっ、ああっ」

腰が抜けそうなほどよくて里見は両手でシーツを引き摑み、喘いだ。ストッキングに包まれた足の爪先も空を掻き、汗ばんだ内股がブルブルと小刻みに震えた。

「もういいか」

神津は色香の漂う声音で前置きすると、おもむろに指を引きずり出した。

「ン、ンンッ」

「ふん。乳首までこんなにいやらしく勃たせて。きみはとんだ淫乱だ」

里見をさんざん乱れさせ、辱《はずか》しめておきながら、神津自身は余裕たっぷりだ。

スラックスの前を寛げ、完全に勃起した剛直を取り出す。

「舐めろ」

腕を引いて上体を起こされ、膝に絡んでいた下着を脚から抜き去られる。

ビスチェとガーター、ストッキング、そして長い髪が美しいウイッグまでそのままにされた格好で、里見は恥辱に耐えながら里見の脚の間に手足を突いて這い、猛った陰茎を手で支え持って口に含んだ。

熱く滾《たぎ》った太く長い肉棒にくまなく舌を絡ませ、猥りがわしい水音をさせて吸引する。

その間、神津はパットを抜いて浮いたカップの隙間から指を入れ、ツンと尖った両の乳首をやわやわと撫でたり摘んだりして弄り回していた。

「久々に女としている気分だ」

「んっ、ん、ううっ」

腰を小刻みに突き上げて里見の口腔《こうこう》を存分に犯しながら、神津は悪くなさそうに呟く。

「もうそのくらいでいい」

神津は里見の口から濡れそぼった陰茎を取り返すと、獣のように這わせたまま向きを変えさせ、剝き出しの双丘に両手を掛けて左右に開かせた。

「い、嫌だ……っ」

潤滑剤をたっぷりと施され、十分に解《ほぐ》されて柔らかく蕩けた秘部がヒクヒクと収縮する。

「嫌がっているようには見えないが」

露にされた窄まりに神津は硬い先端を押しつけ、ズンと突き上げてきた。

「アアアッ」

ズプッと狭い器官に太い肉棒を穿たれて、里見は悲鳴を上げた。

そのまま神津は強引に身を押し進めてくる。

「きひい……っ、あ、あぁ」

内壁を擦り立てながら最奥まで貫かれ、尻を震わせて悶えた。

「気持ちがいいか」

じゅぷっ、と淫らな音をさせて陰茎を小刻みに動かしながら、覆い被さってきた神津が耳元で官能を煽るように囁く。

「よく……ない」

「嘘つきめ」

懲らしめるように荒々しく腰を入れて先端で奥を叩かれ、里見は嬌声を上げて啜り泣いた。

「俺に逆らうな、征爾」

胸元に回されてきた手で充血した乳首を乳暈《にゅううん》ごと揉みしだかれる。

「あっ、あっ、ああうっ」

頭の芯が痺れ、太いものを銜え込まされた体の奥まで電気を通されたような強い刺激が駆け抜ける。

抽挿され、突き上げられるたびに体が前に押され、神津の股間が里見の尻にぶつかり、汗ばんだ肌が湿った音を立てる。

股間で揺れる陰茎は痛いほど張り詰めて先走りの液を滴《したた》らせ続けており、今にも弾けそうだ。

すぐに終わらせると言って始めたくせに、神津は長かった。

緩急《かんきゅう》をつけた抽挿で里見を翻弄し、途中から体位を変えて横臥《おうが》した状態で後ろから挿入し直し、極める。

身動きできないほどきつく腰を抱き竦め、熱い迸《ほとばし》りを奥に浴びせかけて、神津はようやく里見を離した。抜かれた途端、中に注がれた白濁が陵辱《りょうじょく》の証《あかし》のようにつうっと滴り落ちてくる。

ぐったりとシーツに突っ伏して肩で息をする里見に、シャワーブースの扉に掛けてあったバスローブを取ってきて投げかける。

「明日はくれぐれも俺に恥をかかせるな」

傲慢《ごうまん》な口調でそう言い捨てると、今し方まで里見を抱いて腰を揺さぶっていた男とは別人のように禁欲的な取り澄ました顔で、部屋を出ていった。

*

アンダーボス、マウリツィオの邸宅は、マンハッタンから車で一時間ほど北上したハドソン渓谷沿いの長閑《のどか》な街にあり、想像以上に豪奢《ごうしゃ》な構えの館だった。

広大な私有地の中にゴルフ場まで有しており、そこへ続々と黒塗りの高級車が門扉を潜《くぐ》って入っていく。

里見も神津の横に座って車窓を流れる緑深い庭園に見惚れつつ、スケールの違いを目の当たりにして溜息しか出なかった。

「アンダーボスがこの羽振りのよさなら、ボスはどれだけすごいんだ」

「ジョットは銀行の地下金庫に金の延べ棒を貯め込むのが好きだから、ここまで大きな屋敷は所有していない。ゴルフにも興味ないし、都会暮らしが合うようだ」

まだ日も高いうちから催《もよお》される今日のパーティーには、ジョットは所用のため来ないという。

「結婚記念日だそうだ」

神津はそんなことまでさらっと教えてくれた。

コンパニオーニ一家のボスは大変な愛妻家で知られているらしい。結婚式のときに夫婦揃って仲人《なこうど》役を務めてくれたが、確かに仲睦《なかむつ》まじい似合いの夫婦だった。

パーティーは午後四時からで、里見たちが少し遅れて到着したときにはすでに始まっていた。招待客のほとんどはコンパニオーニ一家にゆかりのある人々で、幹部たちはほぼ全員来るらしい。パーティーのために雇われた臨時のお手伝いや料理人たちも一家の息のかかった人脈から集められているとのことで、一家と全く無関係な者はいなそうだった。

庭にはスーツの内ポケットにホルスターを吊しているのが一目でわかる警備担当のスタッフが何人もいた。隙を突いて車を奪って逃げようなどと考えても無駄なのは火を見るより明らかだ。もっとも、里見にはここでそんな大胆なまねをする気は露《つゆ》ほどもなかった。そんなことをすれば間違いなく神津に恥をかかせることになるし、恥をかかされた神津の追及の手は世界のどこへ逃げても伸ばされそうで、恐ろしすぎた。

会場に入ってすぐ神津はホストのマウリツィオに挨拶に行った。

「申し訳ない。予想以上の渋滞でマンハッタンを出るまで時間がかかってしまった」

「なぁに。パーティーはまだ始まったばかりだ。来てくれさえしたら御《おん》の字だよ、奨吾」

マウリツィオは上機嫌で神津を迎え、親しみを込めてハグをする。

「遠いところすまなかったな。奥方ともまたお目にかかれて嬉しいよ」

「妻とは結婚式以来になりますか」

「ああ。あのときの白無垢《しろむく》姿は実に清楚で綺麗《きれい》だった」

マウリツィオは神津の横に控えていた里見に視線を移し、「ようこそ」と目を細める。

里見が本当は男性であることは、この場にいる招待客のほとんどが承知しているはずだったが、あくまでも神津の妻として遇《ぐう》されることに鼻白む。いつまでこんな茶番を続けるつもりだ、どうせ腹の中では皆里見を侮蔑《ぶべつ》し、卑猥な想像を巡らせてにやついているくせに、と憤懣《ふんまん》を湧かせる。

それでも里見はグッと堪《こら》えて、マウリツィオの手前淑《しと》やかに振る舞った。すっかり神津に飼い慣らされて従順になったふうを装う。ここは神津の面子《メンツ》を立ててやり、少しでも恩を売っておくのが得策だ。

「今日も皆の目を釘付けにするほど美しい。奨吾が身を固める気になったのも無理ないな」

「これもなにかの縁だろうと思っただけですよ。幸い、ボスのお許しもいただけましたしね」

「今後二度と悪さをしないよう奨吾が責任を持つなら、今回だけは大目に見ようとの判断だ。もう奥方の牙《きば》は抜いたか」

表情そのものや声音は穏やかだが、さすがに一家のナンバー2だけあってマウリツィオの視線は鋭く、恰幅《かっぷく》のいい体全体に威圧感を漲《みなぎ》らせている。向き合っていると身が竦み、眼窩《がんか》の落ち窪んだ小さな目で流し見られただけで背中にゾワッと怖気が走り、緊張する。ジョットもそうだが、この男も逆らえばとことん無慈悲な制裁を加えそうだ。眉一つ動かさずに「やれ」と命じるに違いない。里見は思わず目を伏せて、睫毛を小さく震わせた。今の自分は身を守る術を全く持たない無力な存在だ。神津やマウリツィオがパチンと指を一鳴らしすれば、命すら簡単に奪われかねない虫螻《むしけら》同然の身だった。

「まだ躾《しつけ》の最中で完全に従順とは言えませんが、俺は昔から気が強くて跳ねっ返りのほうが好みなんで、今ぐらい骨があるほうが手応えを感じられていいかもしれません」

「奨吾ならきっとうまく御《ぎょ》せるだろう」

マウリツィオは鷹揚《おうよう》に頷く。

「とにかく今日は存分に息抜きしていってくれ」

「ありがとう。そうさせてもらおう」

神津はマウリツィオとの挨拶を切り上げると、里見の背中を押して歩かせた。

パーティーの間はメインの大広間だけでなく館の一階部分のほとんどが解放されており、あちらこちらに来客の姿が見受けられた。

男性はタキシードが圧倒的に多い。その大半が妻や恋人、もしくは愛人と思《おぼ》しき女性を連れていて、彼女たちは華を競い合うかのごとく派手に着飾っている。

「黒でちょっと地味すぎたかな」

こんなとき他に何を話せばいいのかわからず、感じたままに聞くと、神津は意外そうに里見を見据え、「いや」と首を振る。里見がそんなことを気にするとは思わなかったようだ。

「清楚で上品な色気を感じさせるドレスだ。よく似合っている。デザイナーもきみのセンスのよさを褒めていた」

「……なら、いいけど」

里見は神津の率直な物言いに面映ゆくなり、じわっと頬を熱くした。他の誰がどう思おうと、神津さえ満足しているなら義理は果たせたことになるだろう。

パブリックスペースが中心の一階の各部屋には来客をもてなすための準備が抜かりなく調えられており、どこへ行っても人がいた。

神津は誰かと会うたびに声をかけられる。

挨拶だけで擦れ違う相手もいれば、二言三言立ち話をする相手もいる。

皆、里見に興味津々で、品定めするような目つきで見られたり、揶揄や皮肉たっぷりのまなざしを浴びせられたり、ときには感嘆の溜息をつかれたりした。いずれにせよ居心地のいいものではなく、あれほど閉じ籠もりきりは退屈だ、どこかで気晴らししたいと願っていたにもかかわらず、来て三十分と経《た》たぬうちに帰りたいと思い始めていた。

いつの間にか神津のマンションが里見にとって一番ホッとできる場所になっているようで、帰りたいなどと思った端から負けた気分になった。そんなはずはないと否定し、今はあそこにしか自分の居場所がないだけだと己に言い訳する。

「よお、シニョール」

「お久しぶり、奨吾。それから奥様」

ブラスコとドーラも当然来ており、向こうから二人を見つけて近づいてきた。

ドーラは相変わらずセクシーだ。背中の開いた、胸元に臍《へそ》まで届きそうな切れ込みの入った大胆なドレスを纏っている。神津に無理やり妻にされる前は、里見もドーラのようないかにも肉食系の玄人《くろうと》女性を相手に一晩限りの関係を愉しんでいたのだが、今は全く食指が動かない。抱くより抱かれるほうが性に合っているとは男として認め難いが、今日ここで見かけるどんなタイプの美女にも欲情しないので、里見は少なからず衝撃を受けていた。このままでは、どんどん自分が自分でなくなっていきそうだ。先ほどのマウリツィオの言葉が脳裡に蘇る。神津といると知らず知らず牙を抜かれていくようで、不安が込み上げる。

「ちょっと見ない間にすっかりいい女になったじゃねぇか。さすがはコンシリエーレのお仕込みだ。向こうでもひとしきり噂になってた」

向こう、とブラスコは毛深い指をクイと曲げて背後を示し、里見の全身に好色なまなざしを無遠慮に注ぐ。

神津はチラリとそちらに目をやり、僅かに眉を顰めた。どうやら虫の好かない相手が、五人ほど集まった男たちの中にいるらしい。

「ラフのやつなんか奥方のスカートの中身ばかり気にしてたぜ。どんなふうになっているのか興味津々だってな」

ブラスコは面白がっているのを隠さず、にやついた顔で暴露《ばくろ》する。わざわざ名前を挙げたラフという男は、神津とあまり仲がよくないのだろう。神津が不快になりそうなことをあえて言い、あわよくば揉め事でも起こさせたいと企んでいるかのような底意地の悪さがちらつく。里見の件でブラスコは神津に折れた形になっているので、チクチクと嫌味を言いたい気持ちはわからなくはない。

タキシードを着た男たちがこちらをやたらと気にしながら、なにやらヒソヒソと交わし合い、ときおり下卑た顔で忍び笑いを洩らす。彼らの様子をさりげなく窺《うかが》いつつ、里見は素知らぬ顔をし続けた。

中に一人、三十代半ばと思しき優男《やさおとこ》ふうの男がいる。背はそれほど高くないがスタイルはまずまず整っており、肩幅が広くて胸板も厚い。タキシードの着こなしもなかなかのものだ。鼻が少し曲がり気味で目玉が大きすぎるのが顔全体のバランスを崩しているが、見ようによってはハンサムだ。ただし、遠目にも態度が横柄なのがわかり、お世辞にも感じがいいとは言えない。

その男が先ほどからじっと里見を見ていて、ねっとりとした視線が絡みついてくる。いやらしいとしか言いようのない不快さで、里見は体をずらして神津の陰に身を隠した。すると今度は男のほうが立ち位置を変え、いっそうねちっこく陰湿そうなまなざしを向けてくる。粘着質で歪んだ性癖を感じ、里見は嫌でたまらなかった。ひょっとすると、あの男がラフかもしれない。

「ラフはあなたにフラれて相手にされなかったことを根に持っているんじゃないかしら」

ドーラがクスクス笑いながら神津を揶揄する。

「いつの話だ」

神津は苦い顔で一蹴し、「行くぞ」と里見を促して二人と別れた。

「ラフって？」

「ブラスコと同じカポレジームの一人だ」

神津はぶっきらぼうにではあったが里見の質問に答えた。聞いても無視されるだろうと思って期待していなかっただけに、里見は返事があったことに驚いた。一家のメンバーのことは里見にも教えておこうという腹なのか、隠す気はなさそうだ。

「さっきの彼女との会話だと、あんた、ラフに迫られたことがあるの？」

「ハイスクール時代に冗談半分に粉《こな》を掛けられただけだ」

「もしかして先輩後輩の間柄？　ドーラとも？」

「あいつらが俺より二級上になる」

へぇ、と里見は興味深く相槌《あいづち》を打つ。

いったいどんな学生時代を送ったのか、もっと知りたい気がした。

「奨吾、ここにいたのか」

そこへまた一人新たな男が寄ってきた。

神津を探していたようで、なにやら急いでいるふうだ。

「ちょっといいか。あっちで先日の掛け金の話をしていたんだが、揉めちまって」

「……ああ」

神津は一瞬迷う素振りを示したが、里見がどうぞと目で応じると、男と一緒に行くことを承知した。里見もちょっと一人になりたかったのでちょうどよかった。右を向いても左を向いても癖のありそうな連中ばかりだが、メインホール内の人目につく場所にいさえすれば、よからぬ目に遭《あ》わされる危険性は低そうだ。神津が傍にいてくれなくても不安は感じなかった。

「すぐに戻る」

「いいよ、ゆっくりで。バーカウンターでカクテルでも飲みながら待ってる」

「必ずそこにいろ」

神津は強く念を押して行った。

独占欲が強くて心配性の一面を見せられた気がして、里見は神津という男が自分をどう思っているのかもっと探ってみたくなった。

欲望の捌《は》け口にするために引き取ったのなら、最初の夜から容赦なく犯されまくっていたはずだが、神津はむしろ紳士的だった。どちらかといえば、男にしては稀有《けう》な里見の美貌に感心し、妻にして見せびらかして歩くために手に入れたのだと推察するほうがまだ納得がいく。

非情に骨を折らせたかと思えば、すぐに医者に手当てをさせて、完治するまで暴力はいっさい振るわなかった。家に連れてくるなりベッドに押し倒して体を繋げてきたが、最後まではせずに初夜まで同衾すらしなかった。

神津に情があるのかないのか、あるとしたらそれは恋人に対するような愛情なのか、それともペットを躾けたり可愛がったりするのに近い感情なのか、里見には定かでない。そこは神津もはっきり言葉にしてくれたことがなく、里見から聞くのも憚《はばか》られる。聞いたら神津は答えるかもしれないが、なんとなく答えを知るのが怖い。神津の言葉に傷つきたくない気持ちがある。その理由を突きつめると、認めたくない事実に直面する気がするので、あえて曖昧なままにしていた。

披露宴に招待されていた顔ぶれは大勢いたが、一人になった里見にちょっかいを出しに来る者はおらず、好奇に満ちたまなざしだけが纏わりつく。煩《わずら》わしかったが、直接話しかけられないことは助かった。誰もが里見をコンシリエーレの妻だと承知していて、神津がいない間に親しくなろうと考える恐れ知らずはいないようだ。先ほどの目玉の大きな優男ですら、里見を遠巻きに見ているだけだ。神津の威勢の強さは里見の想像以上だった。

床は大理石、壁一面に天井まで届く大きな鏡を隙間なく並べ、巨大なシャンデリアが三基吊り下げられた途方もない広さのメインホールの一角に、バーカウンターが設《もう》けられている。

里見は空いているスツールに腰掛け、優雅に脚を組んだ。傍《かたわ》らにクラッチバッグを置き、両腕に嵌めていた黒の長手袋を外す。

「何をお作りしましょう?」

渋い銀髪のバーテンダーが礼儀正しく聞きにくる。

「マンハッタンを」

「畏《かしこ》まりました」

里見はウイッグの長い髪を首の周りから一方の肩に纏め、細くて白い項《うなじ》を誰にともなく見せつけた。四方八方から注視されているのを感じて、からかってみたくなったのだ。

ゴクリとすぐ近くで唾を飲む音がする。

ラフというカポレジーム以外にも、里見の着ているドレスを頭の中で脱がせ、女にされたと思われている股間がどうなっているのか、いやらしい想像を巡らせている者が何人もいそうだ。里見は彼らを挑発し、心の中で嗤っていた。

「どうぞ」

赤い色のカクテルがショートグラスに注がれて手元に差し出される。

里見は「ありがとう」と礼を言って、グラスの縁に口づけするようにルージュを塗った唇を近づけた。

一口飲んでグラスを革製のコースターに戻したとき、カウンターに使用済みのグラスを載せた銀盆を置きにきた白服の男と目が合った。

「……っ！」

ホアン・ミンだ。

里見は驚愕《きょうがく》のあまりもう少しでグラスに指を引っかけて倒してしまうところだった。

心臓が鼓動を激しくする。全身に冷や汗が吹き出て、指先が震えだすほどの衝撃を受けた。

ずっと見張られていたのか。パーティーが開かれることもすぐさま調べ上げ、臨時雇いのスタッフとして潜り込めるよう根回ししていたらしい。

恐れ知らずにもほどがある。冷酷非情なマフィアたちが集まる中、万一正体がばれたなら無事にここを出ることは叶わないと承知で危険を冒し、里見に接触しようとするとは。

それだけホアンが本気だということだ。

里見は蛇に睨まれた蛙のような心地でホアンから目を逸らす。

「バーボンを三杯、マティーニを五杯、それから……」

ホアンがバーテンダーに飲み物をリクエストする声が徐々に近づいてきたかと思うと、いきなりカウンターテーブルの上に置いていたクラッチバッグを足元に落とされた。

「あっ、申し訳ございませんっ！」

わざと肘を触れさせて落としたのだ。

里見はホアンがサッと身を屈めてクラッチバッグを拾うのを、スツールに座ったまま見下ろした。ホアンが素早くバッグの蓋を開けてメモを入れたのがわかった。周囲にはカウンターの下に屈んだ白い制服の背中しか見えなかったはずで、誰も気づかなかっただろう。

「どうも大変失礼いたしました」

ホアンはしきりに恐縮しながら里見にクラッチバッグを返す。

里見は黙って受け取ると、マンハッタンをグラスに半分残したまま、バーカウンターを離れた。女性用の化粧室に行き、個室のドアを閉め、クラッチバッグに入れられたメモを読む。

メモには中国語で、偽造パスポートの作成ができたこと、高飛びに必要な荷物一式を入れたボストンバッグをソーホーに店を構える中国茶葉店の店主に預けたことが記されており、最後に十日以内に金の支払いがなければ裏切ったとみなして報復すると書き添えられていた。

心の準備すらできていないところに脅しにも等しいメモを渡され、動揺する。

相手はマフィアの邸宅にまで入り込むことのできる男だ。最後の一文ははったりではないだろう。神津の許から逃げ出して、スイスの銀行に預けてある隠し資金を払い出す手続きを取らなければ、どんな目に遭わされるかわからない。

困惑したままメモを細かく千切《ちぎ》って便器に流し、個室を出る。

ソファが置かれ、床に絨毯《じゅうたん》が敷き詰められた洗面所にはドーラがいて、またもや里見はギクリと心臓を震わせた。

「あら。どうしたの、顔色が悪いわよ」

ドーラは里見の顔を鏡越しに見るなり目を眇める。疑惑と心配が混ざったまなざしだった。

「カクテルに酔っただけです」

里見は心配するドーラの横で手を洗い、

「神津には黙っていてください。酔ったなんて知られたらまた責められる」

といかにもありそうなことを言った。

ドーラの口から里見の様子がおかしかったと神津に伝わったら、それだけで神津によからぬことを考えていると見破られそうな気がして先手を打つ。

「……酔った？　へぇ。てっきりお酒強いのかと思ってたけど」

大仰《おおぎょう》に眉を撥《は》ね上げるドーラに里見はまたもや鼓動を速くした。この女も結構厄介だ。そう簡単には丸め込めそうにない。

気持ちとしてはすぐにでもドーラの傍を離れたかったが、疑いを払拭するためにもここはなんでもない振りをする必要を感じた。

「妊娠したのかも。あいつ、いつも中出しするから」

口紅を塗り直しながら、わざとはすっぱな冗談を言う。

「嫌々そうにしてたわりには結構仲良くしてるんじゃない。奨吾とは毎晩？　羨《うらや》ましい話ね」

すぐにドーラも乗ってきた。こういう話が嫌いではないらしい。

「彼と寝たことあるんですか？」

「私？　うふふ。ヒミツ」

なにそれ、と里見も笑ってみせ、手袋を嵌めて化粧室を先に出た。

一人になった途端、安堵と悩ましさの両方が籠もった溜息をつく。

逃げようと思えば国外にでも逃げられる手筈が整ったが、手放しで喜べない。

この期《ご》に及んで里見は迷いだしていた。今のぬるま湯に浸かったような生活に次第に慣らされてきたせいだろうか。もう少しこのままでもいいかと思い始めた自分がいて、以前と同じ強い気持ちで逃亡を望めなくなった。どこかに未練というか、引っかかりのようなものがある気がして、それがなんなのか突き止めない限り、すっきりした気持ちで後腐れなく出ていくことができそうにないのだ。

ホアンに金だけ払って、逃亡計画は今回は流す手もあるが、そうするとまた一から手筈を調えなくてはいけなくなる。ホアンは用心深い男だ。十日以内にと期限を切っているのは、それまでに里見が偽造パスポートと荷物を取りに行かなければ、用意されたそれらのものが処分されることになっているからだ。

今を逃せば、次にまた逃亡のチャンスが転がり込んでくる可能性は限りなく低い。

ただ、十日はいささか短すぎる。

ホアンにしてみれば、デパートで話をつけたときから今日まで、計画を練る時間はたっぷりあったはずだと思っているに違いないが、里見はホアンとの二度目の接触すら叶うかどうかわからなかったので、それこそ具体的に何も考えていなかった。

もう少し時間が欲しい。

せめてあと一月。

そのくらい余裕があれば、心を定めて迷いを吹っ切り、目的達成のために決死の覚悟で臨《のぞ》める。

なにしろマフィアから逃げるのだ。中途半端な気持ちのままでは、集中力を欠いてへまをしでかし、たちどころに捕らわれる危険があった。

あと一月待ってくれたら決意する。

それだけなんとか伝えられないかと、招待客が立ち入れる部屋という部屋を歩き回ってホアンを捜したが、どこに雲隠れしたのかホアンの姿はどこにも見当たらない。

そうこうするうちに神津が里見を捜しにきて、

「どこを彷徨《うろつ》き回っている！」

と眦《まなじり》を吊り上げて叱責された。

「ごめん。あんたがあんまり遅いから」

「小一時間ですらおとなしくしていられないのか、きみは」

「だから謝っているだろ」

「いいや、許さない」

神津は本気で里見がバーカウンターにいなかったことを心配したらしく、息まで少々弾ませている。広すぎる邸内をあちこち捜し歩いたのであろうことが窺え、里見はちょっと胸に来た。

「帰ったら覚えていろ」

神津に怒られたのがかえって里見を安堵させた。

怒ってくれる人がいる——それがまんざらでもなくて、なぜそう感じるのか我ながら戸惑った。

Ⅳ

ボスのお供で四日間ほど出張する、と言って神津が出掛けたとき、一人でじっくり今後のことを考えるいい機会だと里見は思った。

マウリツィオ邸でパーティーが開かれた日から三日経つ。

もう迷っている時間はないとわかっているが、里見はまだ意を固めきれずにいた。

今すぐここを出ていきたいという切羽詰《せっぱつ》まった状況にあれば、何はともあれ逃げ出す算段をしただろうが、神津との生活は基本的に穏やかで、決して居心地が悪くなく、里見から反抗心を奪っていた。

公私共に妻として扱われ、家に閉じ込められて毎夜ベッドで脚を開かされる屈辱を味わわされてはいるが、怖気が走るほど嫌かと言われればそこまでではない。セックスそのものは里見にも十分な法悦《ほうえつ》を与えてくれて、一方的に陵辱されているとは言い難い。無理をさせられて体を傷つけられたこともない。体が怠ければ翌日は一日寝ていても責められない。並べ立ててみれば、惚《のろ》気《け》かと揶揄されても仕方ないことしか連ねられず、我ながら拍子抜けしてしまう。

もっと神津を非難し、己の置かれた境遇に不満を抱く理由がある気がしていたが、改めて考えてみると、いっさいの自由を奪われていること以外は別段蔑《ないがし》ろにされてはいないのだ。

神津とのセックスを受け入れられて、あまつさえ気持ちがいいと感じるようになったときから、神津と一緒に暮らすことは苦痛ではなくなっていた。

本来であれば誰ともつるまない一匹狼を自認していた里見だが、あっという間に神津に飼い慣らされて、誰かと一緒に生きるのも悪くないと宗旨《しゅうし》替《が》えさせられつつある。

夫婦ごっこなどばかばかしい、愚劣《ぐれつ》の極みだと思っていたが、実際に神津とままごとのような遣《や》り取りをしていても、不思議と違和感を感じない。なんとなく馴染んでしまっている。

殊《こと》に、帰宅するたびインターホンを鳴らされることに対しては、はじめのうちこそ煩わしいと迷惑がっていたが、今では出張で戻らないときや帰宅が午前零時を過ぎるようなときには鳴らされないことのほうが寂しく感じられだした。

慣れとは恐ろしい。

そうやって少しずつ己の根幹《こんかん》を覆《くつがえ》されるのは心許ない。これからもっと変えられていくのではないかと危惧しもする。このまま神津の傍にずっといるわけにはいかないと思うのは、どう変えられるかわからない恐れがあるからだ。

いつかはここから逃げなくてはいけない。それは確かだ。

だが、今すぐにと言われると、後ろ髪を引かれる心地になって、踏ん切りがつかない。

ぐずぐずしているうちに時間だけが過ぎていく。

神津が出張から戻る予定の日の前日、マンションの一階のエントランスに来客が訪れた。

ここには宅配業者が荷物を運んできたこともなければ、勧誘等でインターホンを鳴らす者もいない。そもそも里見がここに住み始めて以来、一階のエントランスからのインターホンが鳴ったのは初めてだった。

不審に思いつつモニター画面を確かめると、パーティーで見かけた目玉の大きな優男だ。名前は知らないが、コンパニオーニ一家の身内であることは疑いなく、何か用事があって訪れたのならば応じないわけにもいかないと考え、受話器を上げた。

『神津の奥さんか』

「……彼は留守ですが」

どうしても神津のことを『主人』とは呼べず、里見はそんなふうに告げた。

『もちろん知っている。ボスとロスに出張してんだろ。俺はカポレジームのラフ・アルトベリ。コンシリエーレに頼まれて自宅にある書類を取りに来た。それを持って大至急ロスに届けなきゃいけない』

「そんな話、聞いていませんが」

里見はラフの言い分を鵜呑《うの》みにせず、慎重になった。

パーティー会場で見かけたときにもまるっきりいい印象を受けなかった。何か企んでいるのではないかという気がして、あっさりドアを解錠する気になれない。

『そいつはおかしいな。外にボディガードが二人ほどいるんだろ。やつらには連絡が行っているはずだぜ。とにかく急ぐんだ。つべこべ言ってないでさっさとここを開けな』

苛つきを隠さずにドスの利いた声で急《せ》かされ、里見は仕方なく解錠ボタンを押した。

背後に黒服姿の部下を二人引き連れたラフが、開いたドアを颯爽《さっそう》と潜るのが見えた。

しばらくすると、今度は専用エレベータの操作を促す連絡が入り、それにも応えた。

ラフの言うことが嘘だったなら、エレベータがこの階に着いた時点で外にいる監視役兼ボディガードの男たちがラフを通さずに追い返すだろう。通したのなら、神津から連絡を受けているということだ。そう判断すればいいと考えた。よもや、ラフが神津の部下の一人を手懐け、便宜《べんぎ》を図るよう言いくるめていたなどとは想像もしなかった。

エレベータに乗ってドアのチャイムを鳴らすまでには必要以上の間はなかった。監視役たちはラフとボディガードを不審がらずにすんなり通したということだ。

チャイムが鳴ったとき、里見はラフの言葉をほとんど信じるようになっていた。

ドアを開け、出迎える。

「お寛ぎのところ悪かったな、奥さん」

ラフは薄笑いを浮かべて悪びれたふうもなく言い、ジロジロと里見の全身に視線を向ける。

家にいるときはいつもシャツかセーターにジーンズという洒落っ気のない格好だ。もちろん化粧はしていないし、ウイッグもつけていない。素のままの姿だ。ただ、元々線が細くて中性的な顔立ちなので、知らない人には性別不詳と思われるだろう。

スカートを穿《は》いて足を晒しているわけではないので、不躾《ぶしつけ》なまなざしを注がれてもパーティーのときほど嫌悪は感じないが、いちいち嫌味たらしく奥さん呼ばわりされるのは不愉快だった。

「書類なんてどこにあるか知りませんけど」

一刻も早く帰ってほしくて突っ慳貪な物言いになる。

「書斎だよ。カードキーは外にいる男からスペアを借りてきた」

革の手袋を嵌めた指に挟んで見せられたのは、紛れもなく神津がいつも使っているのと同じカードキーだ。こうした場合に備えて監視役の男にスペアを持たせているのだろう。争う気配は感じなかったので、監視役の男はすんなりラフにこの鍵を貸したのだ。里見はますますラフに対する疑いを晴れさせた。

「どうぞ。こちらです」

先に立って書斎に案内する。

ラフが連れてきた黒服の男がラフの後から一人だけついてきた。もう一人は家の中には入ってこなかった。監視役の男たちのいる外で待機するようだ。

「女装も似合うが、そういう気取りのない格好もそそるな」

「俺は元々男なんで」

里見は苦い顔をしてラフを振り返り、冷ややかに一蹴する。

先ほどから尻や背中にねちっこい視線を感じており、不快でたまらなかった。どんないやらしい妄想をされているのか、想像するだけで怖気が立つ。俺をなんだと思っているんだ、と怒鳴りつけたいほど嫌だった。

しかし、ラフは厚顔無恥《こうがんむち》そのもので、里見にそっけなくあしらわれても気にした様子もない。

「神津もそうだが、俺も女より男とヤルほうが好きなんだ。俺のこと、旦那から聞いてないか？旧知の仲だ」

「さぁ。ドーラのことなら、高校時代の先輩だって聞きましたけど」

里見はわざとドーラの名だけ出す。ラフのことなど神津は歯牙《しが》にもかけていないかのように言い、ラフの自尊心を傷つける。

「どうやらあいつは妻を躾けて従順にするどころか、尻に敷かれているみたいだな」

里見の目論見《もくろみ》どおりラフはたちまち機嫌を悪くして、「どけっ」と里見を押しのけ、すぐ先に見えている書斎のドアに歩み寄る。厳重なロックシステムを備えたドアは家中でここだけなので一目でわかったようだ。

カードをリーダーに翳《かざ》してロックを解除する。

ラフに続いて里見も中に入った。

里見の後からボディガードもついてくる。中肉中背のがっちりとした男で、身のこなしにキレがある。格闘技などやらせたら強そうだ。脇にホルスターを提げていることは想像に難《かた》くない。

書斎に足を踏み入れたのは二度目だ。この家に来たばかりの頃、話があると神津にここに連れてこられ、式を挙げるようボスに言われたと告げられた。

そのときは気づかなかったが、神津の大きな執務机の左端の天板が一部ガラス張りになっており、その中にパソコンのモニターが埋め込まれているのが見て取れた。下の薄い引き出しを開けるとキーボードが現れる仕組みになっているのだろう。

以前はあれほど外と連絡を取る術が欲しかったが、今こうして目の前にパソコンがあるのを見つけても、意外なくらい気持ちが動かない。

ホアンに会って以来、他の誰かに助けを求めようとは一度も考えず、電話もパソコンも特に必要としなかった。

里見には音信が途絶《とだ》えても心配して捜してくれる家族も友人も恋人もいない。

常に金でケリをつける付き合いしかしてこなかったので、後腐れがない代わりに、いざというとき厚意だけで助けてくれそうな者に心当たりは皆無だ。

誰ともつるまず一匹狼で生きてきたのだから当然だ。

ふと、パーティーの最中ちょっと里見の姿が見当たらなかったというだけで、目くじらを立てて捜し回っていた神津のことが脳裡を掠め、里見は微かに口元を緩めていた。あんなふうに里見を追いかけるのはあの男くらいのものだ。妻として管理下に置き、逃がせばボスからの信頼が薄れるという事情から捜し回っていたに違いないが、まんざらでもない気分だった。口では煩がったが、本心ではこういうのも悪くないと思っていた。

誰かと一緒にいるのも案外いいものだと感じるようになったのは、神津に対してが初めてかもしれない。

だからいまだに出ていく踏ん切りがつかないのだろう。

出ていく――逃げるではなく、出ていくという言葉が自然と浮かび、そのニュアンスの違いに里見は戸惑った。べつにどちらでもいいのだが、少し前までなら間違いなく逃げるという感覚だったため、どうした心境の変化だと我ながら首を傾げてしまったのだ。

「おい。おまえは向こうに行っていろ」

執務机の傍らに立っていた里見をラフが険悪な顔つきで追い払う。向こう、と応接セットのソファを顎で指し示す。

「神津に、おまえには引き出しの中を見せるなと言われている」

いかにも神津が言いそうなことだと思い、里見は違和感は覚えなかった。

「だったら書斎に入る前に、ここにはついて来るなと言えばよかったじゃないか」

素直にラフの言葉に従うのが癪で、里見は悪態をついてから踵《きびす》を返した。

里見自身は今となってはこの部屋にさしたる興味もない。ソファに座ってラフが目的の書類を引き出しから取るのを待っている必要もないだろう。

「勝手に持っていっていただいて結構なので」

神津に頼まれたのであれば里見がつべこべ言うことではないと、ソファの横を素通りしてドアの方に足を向ける。

ドアはぴったりと閉まっていて、人の出入りを遮るかのごとくボディガードが立ちはだかっていた。無表情な顔つきで、足を肩幅に開いてどっしりと立つ姿は、ラフ以外の命令は聞かない頑《かたく》なさを持っているように感じられ、里見はチッと舌打ちしてラフを振り返る。

「この木偶《でく》の坊《ぼう》にドアの前から退くように……」

最後まで言い終えないうちに、大股で近づいてきたラフにいきなり腕を摑まれ、体を反転させられて背中に捻り上げられた。

「何を……っ！」

腕の骨を折られたときの恐怖が蘇り、里見は満足に声も出せないほど恐慌《きょうこう》を来《きた》す。

あっという間にもう一方の腕も捕らえられ、抵抗らしい抵抗もできぬまま突き飛ばされるようにして歩かされた。

よろけながら総革張りのソファに辿り着く。

いったい何が起こっているのか里見はまるで現状を把握していなかった。ラフの突然の暴挙に頭が混乱し、思考が止まったままだ。

膝裏を突かれて頽《くずお》れるようにソファに倒れ込んだところに、すかさずラフがのし掛かってくる。

甘いマスクをウエーブのかかった柔らかそうな髪が縁取った一見優男ふうでありながら、ラフ

の力は強い。百八十超えの長身でがっちりと重しをかけられると、里見が本気で抗っても撥《は》ね返せない。

「おいっ！　なんのつもりだよっ！」

「真昼の情事に決まっているだろう、奥さん」

ラフは薄情そうな肉薄の唇を歪ませ、ふっと揶揄するように嗤う。存在感のある大きな目には
ゾッとするような冷たさが浮かんでいる。人妻を襲う獣じみた欲求はあまり感じられない。それよりもラフの狙いは、神津に一泡吹かせることだという気がする。里見を犯すことで神津に寝取られ男の汚名を着せ、嘲笑《ちょうしょう》しようとでも考えているのではないか。パーティーで神津が見せた態度からして、二人の間に何か凝《しこ》りがありそうな感じはしていた。

「ばかっ、離せ！　どけよ。どけって！」

「本当に躾がなっていないな」

言うなりラフは、革手袋を嵌めたまま、手首にスナップを利かせた痛烈な一撃を里見の頬に見舞わせた。パーン、と皮膚を弾く乾いた音がする。平手とはいえ顔が横を向くほどの威力があり、打たれた頬が火を噴くように熱くなって痺れる。衝撃の強さに眩暈がした。

一発殴られただけでも息が止まりそうな痛みを味わわされたのだが、ラフはそれで許す気は毛頭なかったようで、顎を摑んで里見の顔を正面に戻すと、今度は反対側の頬をさっきよりもっと激しく弾き叩いた。

キヒッ、と喉が潰れたような悲鳴を洩らし、里見はぐったりとソファに仰向けになった。鼻からつうっと生温かい血が一筋流れ落ちてくる。口の中にも鉄錆《てつさび》の味が広がってきた。脇に下ろした腕を上げるどころか、瞼を開けたままでいる気力も奪われ、みっともない姿を晒したままになる。

「色白美人が台無しだ」

自分で殴って怪我を負わせておきながら、ラフは同情するような声で言う。

うっすら目を開けて自分の体を押さえつけている男を見上げる。

間近に迫ってきていたラフの顔は、嗜虐的《しぎゃくてき》で禍々《まがまが》しい毒気が滲み出ており、里見をゾッとさせた。怖いというよりも気色が悪く、この男にヤラれるくらいなら犬とヤラされたほうがまだマシだと思った。

「オンナは黙って男に従うのがおまえたち日本人の古来からの伝統だろう?」

「……そうしたいやつはすればいい。俺はごめんだ」

「気の強い奥さんだな。おまけに怖いもの知らずだ」

ラフはスーツのポケットから真っ白いハンカチを出して広げ、里見の鼻血を拭い去る。汚れたハンカチは、いつの間にか傍らに来ていたボディガードに、丸めて投げやった。

こんな男に屈服したくない。里見は少しずつ反発心を取り戻しつつあった。

「怖いもの知らずはあんたのほうだぞ」

「おいおい、今度はこの俺を脅す気か？」

ラフは余裕たっぷりだった。

このことが神津に知れたらただではすまされないはずだが、どうやらラフには神津を恐れないでいい策があるようだ。

嫌な予感がする。万一ばれたときには、全部里見のせいにして言い逃れるつもりなのではないか。外にいる監視役たちもラフに買収されている気がしてきた。神津に頼まれて書類を取りに来たというのが嘘なら、監視役二人のうち少なくとも一人はラフと通じていることになる。

果たして神津は里見を信じてくれるだろうか。

ラフとは決していい関係ではなさそうだが、それにしても、付き合いの長さでいえば里見など足元にも及ばない。ラフは一家の幹部で仲間内での信用も得ているに違いないが、里見は妻とは名ばかりの囚人だ。

神津がどちらの言い分を聞くかは火を見るよりも明らかだろう。立場上でも、神津は里見よりラフを信用しないわけにはいかなそうだと思われる。

思考を巡らせた里見は威勢を保てなくなった。

一方、ラフは鼻歌でも歌い出しそうな機嫌のよさで里見のシャツの襟に手をかける。手袋を取る気はなさそうで、嵌めたまま器用に一番上のボタンを外す。

そうやって順番に一つずつ外していくのかと思いきや、開いた襟を左右それぞれ手で摑み、バッといっきに残りのボタンを引き千切り、手荒に胸を開かせる。

次に何をされるか予測のつかない恐ろしさに、里見は全身に冷や汗をかき、動悸を激しくした。股間のものは萎縮したままだ。これは官能を煽るセックスなどでは全然なく、まさに暴力だった。おかげでラフに、里見の性器がどうなっているか、まだ気づかれずにすんでいた。

「せっかく股の間に穴を作ったのなら、ここも膨らませて揉み甲斐のある胸にすればいいものを。神津も中途半端なことをするやつだな。ドレスを着たときの出っ張りは詰め物か。つまらん」

「やめろ、あっ。ツッ！　痛っ……！」

乳首を摘んでは乱暴に磨り潰したり、千切るような勢いで引っ張り上げられたりして、里見は肩を揺すって悲鳴を上げた。

「ほら。ほら」

サディスティックな性癖を持つらしいラフは、里見が痛がれば痛がるほど昂奮を高め、嬉々《きき》として嬲《なぶ》り続ける。

充血して凝り、一段と感じやすくなった乳首を、指先で容赦なく何度も弾いたり、歯を立てて傷がつく寸前まで噛んでみたりされ、恐怖で気が気でない。千切り取られるのではないかと何度も危惧し、痛みよりも恐ろしさで汗びっしょりになった。

「もうやめて、お願い」

今にも零《こぼ》れそうに涙を溜めた目でしおらしく哀願する。本気で勘弁してほしかった。さんざん惨《むご》く弄り倒された乳首は腫《は》れて赤みを濃くし、痛々しいまでに膨らんでいる。唾で濡れた尖りに空気が触れるのですら辛いと感じるほどだった。

「代わりにあんたのを舐めるから」

ソファの座面から頭を浮かせてラフの股間に目をやって頼む。

「俺のを銜えてイカせられるんなら、やってみろ。ちゃんとできたら俺もちっとは優しくしてやらないこともない」

「やるよ」

里見は両肘を突いて身を起こした。

ボディガードはソファのすぐ近くに立って待機している。逃げ出す隙はありそうもなく、改めて観念した。

里見はソファを下りてラグに正座した。ソファに座り直したラフの開いた脚の間に身を置く。

腕を伸ばしてスラックスの前立てに手を掛ける。

ファスナーを下ろして陰茎を掴み出すと、ラフのそれはすでに猛って硬くなりかけていた。

男の性器を舐めさせられたのは神津のものが初めてだったが、生理的な嫌悪感は感じたことがなかった。

しかし、同じ器官でも、ラフのものには口をつけるのも躊躇うほど嫌で、心の底からしたくなかった。匂いがきついとか、色や形が嫌だとか、具体的な理由があるわけではないが、とにかく受け付け難くて当惑する。

この期に及んでできないと言うわけにもいかず、覚悟を決め、目を閉じて亀頭を口に含んだ。

含んだ途端、胃が迫り上がるような不快感が込み上げ、吐き出しそうになったが、必死で我慢する。

神津のものならばいくらでも舐めたりしゃぶったりできるのに、ラフにはぎこちなく舌を使うのがやっとだった。

「おい、おい、へただな。ほらっ、もっと喉の奥まで行かせろよ！」

焦れたラフが里見の髪を引き摑み、無理やり頭を股間に押しつけさせる。

「うぷっ！　う、ううぅっ」

ブフォッと空気が破裂するような異音を立てて苦しみながら里見はラフの陰茎を深々と銜え込まされた。

苦しさと吐き気でドッと涙が溢れ出る。

「ほらっ、もっとしっかりしゃぶるんだよ。しゃぶれ、ヘタクソ！」

喉の奥をガンガン突かれ、里見は呻きながら必死で口を窄め、ラフの肉棒を吸引する。

口淫するたびにじゅぷじゅぷといやらしい水音が立ち、唇の端から零れた唾液が着衣のままの膝に滴り落ちる。

「うう、うっ、ふうっ」

拙《つたな》いながらも頬肉や上顎に擦りつけ、温かく濡れた舌で舐められるうちに、ラフの肉棒はいっそう嵩を増してきた。

ラフの口からも気持ちよさそうな声が出始める。

「いいぞ。もっとだ」

両手で頭をがっちりと摑まれ、より深い悦楽を求めて腰を無遠慮に使いだす。

荒々しく口腔を蹂躙《じゅうりん》され、里見は口を開けているのが精一杯だった。うっかり歯を立てないようにだけ気をつけつつ、とにかくもう一刻でも早く解放されたいと願っていた。

ラフの声が切羽詰まって派手な喘ぎになっていき、射精の瞬間が近づいているのがわかる。

頼むから、早く、早くイッてくれ――！

祈る心地で里見はラフの脚に両腕を回して抱きつき、夢中で口を動かした。

ラフがラストスパートをかける。

口腔内の柔らかな粘膜を剛直で擦られ、叩かれ、喉の奥まで深く挿入されて、苦しさのあまり何も考えられなくなる。

遠くで微かな電子音がしてドアが開かれる気配があったが、まさにそのときラフは感極まった咆哮《ほうこう》を上げて里見の口の中に白濁を吐き出したところだった。

「これはどういうことだ？」

「コ、コンシリエーレ！」

ラフのボディガードが驚愕した声を上げる。

「神津！　おまえ、どうしてっ！」

達したばかりのラフも、一秒たりと余韻に浸る暇なく、慌てて里見の口から陰茎を引く。

神津の静かな怒りに満ちた声を聞いた途端、里見も助かったという安堵より、不貞の現場に踏み込まれたようなバツの悪さを感じ、身を竦ませていた。

「どういうことかと聞いている。ラフ・アルトベリ」

冷ややかに落ち着き払い、声を荒げもせずに淡々と追及する神津は、気易く言葉を交わすのも憚られるほど不穏な雰囲気を醸《かも》し出していて、底知れぬ不気味さがあった。とにかく目が怖い。冷徹で容赦のないまなざしでひたと見据えられると、全身に鳥肌が立ち、身震いが止まらなくなった。

ラフの顔は真っ青で、顔面神経痛を起こしているかのごとくピクピクと引き攣っている。手袋越しにも両手の震えが見て取れ、おそらく全身脂汗でびっしょりなのではないかと思われた。

「こいつに、今日までおまえが留守だから寂しいと誘われたんだ」

卑怯《ひきょう》にもラフはこの状況を里見のせいにして切り抜けようとする。

だが、それはあり得ない話だ。里見は神津の許しがなければこの家の外に一歩たりとも出られない身で、電話もメールも使えない。よしんば監視役の隙を突いて外に出たとしても、一セントも持っておらず、公衆電話を使うこともネットカフェに入ることも、手紙を出すこともできない。

神津が出張すると知ったのは当日の朝、神津が出掛けるときだ。それ以前には神津に出張の予定があることなど知るよしもなかった。

里見が否定するまでもなく神津は当然ラフが嘘をついているとわかるはずだったが、「ほう？」と相槌を打って里見に視線を移したときの目つきは、完全に疑ってかかっているまなざしだった。

「嘘だ」

里見はそれだけ叫ぶのがやっとだった。叫んだ直後嘔吐感に襲われ、ラグに座り込んだまま両手を突き、体を折ってえずく。幸い胃液が逆流してきて喉を焼いただけですんだが、ラフの精液を注がれて無理に嚥下《えんか》させられた口の中が気持ち悪く、胃の痙攣《けいれん》が治まらなくてその後も二度ほどえずきがぶり返した。

吐くものもなく苦しむ里見を前にしても神津は労《いたわ》りの言葉一つかけず、いつも同行させている側近の男二人に声をかけ、ラフと彼のボディガードを書斎から連れ出すよう命じる。ラフの扱いはあくまでも一家の重要人物、カポレジームに対するそれで、拘束して無理やり引っ立てていくというのとは違った。

まさか、本気でラフの言い分を信じたのだろうか。

里見は口元を手で拭うと、皆を行かせたあと、書斎を出ていこうとしていた神津を思わず呼び止めた。

「神津！」

こんな雲行きの怪しい状況で『奨吾』とは呼びにくかったのでそう声をかけたのだが、ぎくしゃくした空気がその場に流れ、気まずかった。

「俺があいつを誘うはずがないことは、あんたが一番よくわかっているだろう」

背中を向けたまま首だけ回してこちらに横目を向ける神津に念押しするように訴える。こんなことは言わずもがなだと思っていたが、神津の態度を見ていると不安を掻き立てられた。

「それはこれからアルトベリと話をすればはっきりする」

「あんたは……！　俺よりあいつを信じるのか！」

狡猾《こうかつ》なラフにかかると、嘘などついていない里見のほうが悪者にされそうな嫌な予感がして、里見は懸命に言い募る。

よくよく考えてみれば、神津は里見のことなどほとんど何も理解していないに等しい。知り合ってからまだ二、三ヶ月しか経っていないし、その間にしたことはほぼセックスだけだ。きちんと向き合って話したこともなければ、用事抜きで一緒に出掛けたこともない。里見は神津の趣味も特技も知らない。どんな人生を歩んできたかも聞いたことがない。神津も同様だ。里見自身の口から自分のことを話した記憶はない。それでどうして里見を信じられるだろう。

ラフのことは、あえてファミリーネームで呼ぶくらい微妙な関係のようだが、幹部にまでのし上がっているからには相当な実力者に違いない。口も立てば、駆け引きも上手だと思われる。神津の気質も知り尽くしているだろう。

――神津はラフを信じて、俺を糾弾《きゅうだん》するかもしれない。

冷淡極まりない神津の横顔を見るうちに、じわじわと敗北感が込み上げてきた。

里見自身、神津に対して一点の曇りもなく誠実だったとは言わないが、少なくとも他の男を誑《たぶら》かして救いを求めようとしたことはない。そこは信じてほしかった。

「急な予定変更があって一日早く帰宅してみたらこのざまか。俺も舐められたものだ」

氷のように冷たくそっけない声音で言う神津に、里見は大きくかぶりを振った。

「あいつはあんたの遣いだと言って来たんだ。いつも表で俺を見張っているあんたの部下たちも同罪だぞ、あいつを通したんだから」

書斎の鍵まで渡したのだ。裏で取り引きがあったとしか考えられない。もしくは、最初から神津が裏切られていたかだ。いずれにせよ、神津にとっては許し難い恥辱だろう。

だが、神津は里見の弁など端から聞く気はなさそうで、顔色一つ変えない。

「言いたいことはそれだけか」

「俺には、あんたがあの男の言い分に耳を貸すほうが信じられない」

今この場でこれ以上何を言っても無駄だと悟り、里見は呟くように言って目を伏せた。

神津が再び歩きだす靴音が床に響く。

「これからまた出掛ける。戻りは夜中になるだろう。先に寝ていてかまわない」

ドアの手前で神津はいつもと変わらない調子で告げた。

えっ、と腑《ふ》に落ちなくて視線を向けたときには、すでに神津はドアを閉めて出た後だった。

「なんなんだよ。くそっ」

会話が全然嚙み合わなくて、わけがわからない。

里見には、神津が里見に怒っているのかすら見極めきれなかった。被害者だと思って心配したり慰めたりするでもなく、言い訳の一つもまともにさせてはくれない。もう愛想を尽かしたのかと思えば、普段通りに予定を教え、先に寝ていろなどと妻に言うようなことを言う。

制裁は戻ってからするつもりだろうか。

ラフの話次第ではその可能性もなきにしもあらずだと思え、里見は誰もいなくなった書斎に一人取り残されてゾワッと肌を粟立たせた。

緩慢《かんまん》な動作でのろのろと立ち上がり、ぴったりと閉ざされたドアに近づく。

入るときにはカードキーの認証が必要だが、出るときには普通にノブを動かせば開く。

念のため家中を見て回ったが、しんと静まり返ったままで誰もいなかった。通いの家政婦の姿さえ見当たらない。そういえば彼女はラフが来る直前に買い物に出掛けていた。いつもあの時間はそうするのだ。ラフはそれも把握ずみだったに違いない。その家政婦も神津が帰したのか、いなかった。

もしかして、という予感が里見の脳裡を過る。

案の定、玄関の外に出てみても、見張りの姿はなかった。二人ともいない。こんなことは初めてで、かえって当惑した。

夜までおとなしく神津を待つのか。

それとも――。

里見は専用エレベータの前で心臓の鼓動を激しくしていた。

ズクン、ズクン、と血流が嵐のように体の中を駆け巡る。脈拍が耳朶を打ち、息苦しいほど緊張してきた。

逃げるなら今だ。今を置いてない。

その場に固まったように足を踏ん張って、初めて犯罪に手を染める決意をしたとき以上の緊張に胸を忙しなく上下させていた。

こめかみがズキズキ痛む。

神津が里見を信じないなら、どのみち里見はここにはいられない。

先ほど神津が見せた横顔の酷薄さが頭にこびりついていて、里見もまた神津を信じられなくなっていた。

どうする。どうする。どうする。

一分経っても二分経っても里見は動きだせず、エレベータの扉を凝視し続けていた。

＊

きっともう見張りは戻っているだろう。扉の隙間から顔を出した時点でギロッと睨まれ、家の中に戻れと注意されるに違いない。

二時間後、再び扉を開けて表に出てみたが、やはり誰もいなかった。言いつけを守っておとなしく待っていられるかどうか試されているのか。逃げたところですぐに捕まえられるので、逃げるなら逃げてみろと挑発されているのか。もしくは、今さら里見が逆らうはずがないとタカを括《くく》っているのか。

後者だとすれば甘く見られたものだ。まだ自分は人形になったわけではないと神津に思い知らせ、傲岸不遜《ごうがんふそん》な考えを訂正させたくなる。

さらに一時間経って状況が変わっていないと知ったとき、里見は逃げる決意を固めた。

おそらく見張り二人も、ラフを通したり書斎のスペアキーを渡したりした件を追及されているのだろう。

里見は神津がどこにアジトを持っているのか、何人くらい部下がいるのか、何も知らない。皆の行き先にも全然見当がついていなかった。ひょっとすると、このマンションが見えるくらい近くにいるのかもしれなかったが、ここは一か八か己の運に賭けるしかないと腹を決めた。

自分でもよく理解できないのだが、こうなるまで里見には是が非でも逃げたいという強い意思があったわけではなかった。そんな気持ちでいたのは、去勢されると危惧して兢々《きょうきょう》としていた間だけだ。その後式を挙げるまでは体すら求められなかったので、さらに切迫感が薄れていた。どうせ逃げるのは無理だと諦める気持ちが強まっていて、しばらく様子見しようと思うようになっていたのだ。今にして思えば、あれも全部神津の手だったのかもしれない。

ホアンから偽造パスポートの用意ができたと告げられたときには、嬉しさより戸惑いのほうが大きかった。心の中で、いっそホアンが手配に手こずり、やっぱり無理だと匙を投げないかと半ば期待していたくらいだ。

今すぐ神津の許を飛び出すことに強い躊躇いを感じた。

神津奨吾という男をもっと知りたい気持ちが芽生えてきて、もう少しだけ夫婦ごっこに付き合ってやってもいいかと思い始めた矢先にホアンの接触を受けたのだ。

ずっとこのまま神津と一緒にいる気はないが、逃げるタイミングを他人に決められるのは里見の信条に反し、迷いを増幅させた。今まで里見はなんでも一人で決めてきた。他人の都合に任せたことなどなかったので、囚われの状態になってさえ自発的にでなければ納得がいかず、かえって腰が重くなる。

だが、三度目に表を確かめたとき、里見はついに自分で決断を下していた。

もはやこれはぐずぐず迷っている段ではない。

決めたら里見の行動は速かった。

部屋には戻らず、そのまま最上階専用エレベータに乗って一階に下りる。下から勝手に上がってくることはできないが、下りるのにキー操作は必要ない。

下にも神津の関係者と思しき人物の姿は見当たらなかった。

ホアンが荷物と偽造パスポートを預けた中国茶葉店はソーホーにある。アッパー・イースト・サイドから歩けば相当な距離になる。

迷ったのは一瞬だった。

里見は流しのタクシーを停め、「ソーホーまで」と行き先を告げた。

夕方の渋滞が始まりかけていたため、目的の店に着くのに二十ドルほどかかった。

「すぐ戻るからここで待っていてくれ。この後、空港に行ってほしいんだ」

運転手に頼み、中国茶葉店に入っていく。

間口の狭い店だったが、中は結構ゆったりとしていた。足を踏み入れた途端、茶葉の香りに包まれる。長いカウンターがあって、ガラス張りの天板を開けると中にずらりと茶葉の見本が缶に入れて並べられており、香りを確かめられるようになっている。実際の商品はカウンターの後ろに大きな筒缶が並んでいて、グラム売りされていた。それとは別に、あらかじめ小分けされた缶や袋入りのものが店内の陳列台に積み上げられている。奥にはちょっとした喫茶コーナーも設けられていて、中老の男女が台湾式の茶器で淹《い》れたお茶を飲みながら寛いでいる。

カウンターの端にいたマダムふうの女性が里見を見て「いらっしゃいませ」と感じのいい笑みと共に迎えてくれる。チャイナドレスを着て艶やかな黒髪をアップにした、上品な印象の女性だった。雰囲気からしてこの店の店主らしかった。

「里見と言います。こちらにホアン・ミンから預かっている品があると思うんですが」

低めた声で訊《たず》ねると、女性はすぐに頷いた。

「ございますよ。少々お待ちくださいませ」

カウンターの端にドアがあり、女性はその奥に入っていった。

待たされている間、タクシーがちゃんといるかどうかをガラス張りになった壁越しに確かめる。運賃の支払いが済んでいないのでいなくなっているはずはなかったが、念のためだ。運転手は特に苛立っているふうもなく運転席に座っていた。

「お待たせしました」

女性が渡してくれたのは、中型のボストンバッグ一つだった。

その場で中身をあらためさせてもらう。

衣類や洗面具などの旅行用品と一緒に、二つ折りになった封筒があった。開けてみると赤い表紙のパスポートと成田《なりた》行きのオープンチケット、クリップに挟まれたドル紙幣、それから携帯電話が入っている。紙幣は百ドルから一ドルまで使いやすいように揃えられていた。さすがはホアンの仕事だ。抜け目がない。携帯電話はプリペイド式のものを調達してくれたのだろう。電源を入れて電話帳を見てみるとホアンのものと思しき番号が『NO NAME』という名称で入力されていた。

携帯電話と紙幣の束をジーンズのポケットに仕舞う。偽造パスポートはボストンバッグの底に隠した。

「どうもありがとう。助かりました」

里見は女性にチップとして五ドル紙幣を渡し、ボストンバッグを手に店を出た。

すこぶる順調な滑り出しだ。運が里見に味方しているようで気持ちが軽くなる。

再びタクシーに乗り込み、ＪＦＫ空港へ向かってもらう。

「お客さん、これから暖かい場所に行くの？」

運転手に話しかけられ、そこでようやく里見は自分がコートも羽織らず出てきたことに気がついた。どのみちホテルに置いていた里見の持ち物は、全部どこかへ持っていかれて処分されたはずなので、コートを着て出ようにも、物がなかった。

「まぁね」

適当に返事をしながら、このままでは周りの人々に違和感を抱かれかねないなと思った。十二月の東京は寒い。空港内のショップでコートを購入したほうがいいだろう。

四十分ほどかかって空港に到着する。

途中待たせたこともあり、運転手にはチップを多めに払って釣り銭はいらないと断った。小銭入れがないので硬貨を受け取りたくなかったのだ。

まずは成田行き便の確保をしてからだ。

目的のエアラインの搭乗手続きカウンターを目指し、エアトレインでターミナル7まで移動する。ホアンが用意したチケットはそこから搭乗する航空会社のものだった。

あまりにも簡単にここまで来られて、逆に調子が狂う。

本当に神津は里見を見張らせていないのだろうか。そのほうがむしろ不自然な気がして、タクシーを降りてからは周囲にも注意しているが、尾けられている気配は感じられなかった。

もっと雁字搦《がんじがら》めに縛りつけられているかと思っていた。

神津は里見のことなど本当はどうでもよかったのだと思い知らされた気分だ。二ヶ月の間やりたい放題に抱いたらもう飽きて、新婚ごっこを続ける気が失せたらしい。

それならそれで里見もかまわないはずだったが、考えているうちに無性に腹が立ってきた。怒りと共に、せつなさやもどかしさといったわけのわからない感情まで、一緒くたになって込み上げる。

神津がラフの稚拙《ちせつ》な弁明を信じたとはとても思えない。あれは嘘だと神津も重々承知しているのだ。その上で、里見を切り捨てる口実としてラフの嘘の尻馬に乗った。そう考えれば腑に落ちる。ボスを仲人にして結婚式まで執り行ったからには、そうそう簡単には里見と別れられない。ボスの顔に泥を塗ることにもなりかねない。

だが、里見がラフを誘惑して不貞を働いたとなれば、ボスも、仕方がない縁を切れ、と言うだろう。半殺しの目に遭わせて放り出せと神津に命令するに違いない。もしかすると、神津はわざと見張りを外して里見が逃げるように仕向け、裏切り者の印象を強めようとしたのかもしれない。そこまで穿ったことを考えた。

とにかく一刻も早くニューヨークを離れなくては。追跡の手が及ばぬうちに日本に帰国しなければまずい。焦る気持ちが強まった。

エコノミークラスの搭乗手続きカウンターには結構人が並んでいた。大半は日本人だ。日本語で会話している。

列の最後尾に着き、順番が来るのを待つ。

並びだして十秒と経たないうちに携帯電話がマナーモードで振動し始めた。一件だけ登録してあった番号からだ。

「もしもし」

『よう。無事に荷物を受け取ったようだな。今どこだ?』

思ったとおりホアンだった。

「JFK空港に来ている。これから搭乗手続きをするところだ。約束の報酬は出発前におまえの口座に振り込む。銀行に電話を一本かければすむ話だ」

『くれぐれも裏切るなよ。裏切ったら地の果てに逃げても捕まえて取り立てるからな』

「心配無用だ。あともう二、三時間待て」

『振り込んだら銀行からこっちに連絡させろ』

「わかった」

中国茶葉店の女店主からさっそく連絡が行ったらしい。金さえ払えばホアンとの取り引きは終了だ。正直二十万ドルは惜しかったが、今回ばかりはホアンの言い値に従うほかなかった。足元を見やがって、あのごうつくばりが、と内心胸糞《むなくそ》の悪い思いをしながら通話終了ボタンを押す。

「誰となんの相談だ」

唐突に真後ろから声をかけられ、里見は心臓が飛び出すほど驚いた。

バッと振り返ると、黒いトレンチコートを着てサングラスで目元を隠した神津が背後に立っている。

いつの間に――！

何がなんだかわからず、里見は目を瞠り、口を半開きにしたまま、惚けたように自分より十センチは背が高い神津を見上げた。頭の中がめちゃくちゃに混乱していて、咄嗟に返す言葉が見つからなかった。

「どうした。幽霊でも見るような顔をして」

神津はサングラスを外して胸ポケットに差すと、唇の端を曲げて皮肉っぽい物言いをする。目にはこの事態を面白がっている色を湛《たた》えていて、怒りを露にしてはいなかったが、果たして実際のところはどうなのか里見には推《お》し量ることさえできなかった。

余裕たっぷりの態度で落ち着き払ってこちらを見据える神津は、大きすぎる壁が目の前に立ち

はだかっているような心地を里見に味わわせる。結局自分は神津の手のひらの上で躍らされていただけなのだと痛切に思い知った。それなのに、絶望感よりも安堵のほうが大きく、搭乗手続き前に神津に見つけられたにもかかわらず、諦念と共にどこかホッとしている自分がいる。

「ついて来い」

神津に顎をしゃくられ、列を抜ける。

ホアンと電話をしているうちに神津が後ろに並んだことになぜすぐ気づけなかったのか。神津が踵を返した途端、ふわりとほのかに漂ってきたスパイシーな香りを嗅いで、里見は己の迂闊さに呆れるほかない。

神津の背中には里見を威圧する恐ろしさもなければ、どんな言い訳も聞かないと拒絶する冷たさも感じられなかった。里見が逃げずについてきているかどうか振り返って確かめようとさえしない。普通なら側近二人ほどに無理やり列から引きずり出させて自分の許へ連れてこさせ、そこで厳しく責めるのが神津のような立場の人間のやり方ではないかと思うのだが、見渡す範囲に部下らしき連中の姿はなかった。

神津は一人でここまで来たのだろうか。まさかそんなはずはないだろう。きっと遠巻きに見張らせていて、里見が逃げようとしたらすぐに対処できるよう何人か配置しているはずだ。だからこそこんなふうに泰然《たいぜん》としていられるに違いない。

逃げてもどうせすぐまた捕まる。神津の後を黙ってついていきながら冷静な判断をする一方、それは単なる言い訳で、そもそも逃げる気などないのではないかと、自分で自分の気持ちを探っていた。

神津が向かった先は英国の航空会社のチェックインカウンターだった。

絨毯が敷かれたファーストクラス・カウンターに躊躇いもなく歩み寄り、スーツの内ポケットからパスポートを二冊取り出し、係の女性に渡す。一つは青い表紙のアメリカのパスポート、もう一つは赤い表紙の日本のパスポートで、里見は目を瞠った。

「それ……」

間違いない。赤いほうは里見のパスポートだ。

神津は里見を一顧《いっこ》だにせず、これから約二時間後に出発するロンドン行きの便に空きがないか調べさせ、ヒースロー空港を経由してクロアチア共和国のザグレブを最終目的地に指定し、そこまでの便を取らせた。チケット代はその場でカードで精算する。ブラックカードだった。

「お預かりするお荷物はございますか」

「いや、特にない」

ザグレブに行って何をするつもりなのか里見には想像もつかず、息を詰めて神津の言動に意識を向けていた。

パスポートを返されるときに搭乗用の電子チケットとファーストクラス・ラウンジの利用券を受け取った神津に促され、カウンターを離れる。

「俺をどうするつもり？」

里見は神津と歩調を合わせ、肩を並べて歩きつつ、ようやくまともに言葉を発した。

「どうとは？」

神津はジロリと里見を流し見る。

向かう先には保安検査場がある。このままなんの説明もなしに、アドリア海を挟んだイタリア半島の向かいの国に連れていかれるのかと思うと、よからぬ想像をあれやこれやと巡らせずにはいられない。コンパニオーニ一家と関わりのある何かがザグレブにあって、そこで酷い目に遭わされるのだろうか。性奴隷や臓器移植が絡んだ非合法な闇取引、好事家《こうずか》たちが催す悪趣味な饗《きょう》宴《えん》での生贄《いけにえ》役など、おぞましい可能性が脳裡を過る。神津は絶対に逃げた里見を許しはしないはずだ。表面上いくら平静に見えたとしても、内心では腸《はらわた》を煮えくり返らせているに違いなかった。

セキュリティチェックのゲートを潜ったらもう引き返せない。どのみちこの期に及んで神津から逃げ切る可能性はゼロに等しかったが、何一つ知らされずにヨーロッパに行かされるのは抵抗があり過ぎた。

「はぐらかさずに答えろよ。どうせ俺はもう逃げられない。だからそのくらい教えてくれてもいいじゃないか」

「ずいぶん偉そうだな、征爾」

神津はいきなり足を止め、里見と向き合う。

気圧されまいと里見も神津を怯まず見返した。

「俺との契約は覚えているだろう。それに従ってもらうまでだ」

契約とは神津の妻になって従順に尽くすということか。裏切ったら去勢すると言っていたのを実行に移すつもりなのか。訪れた先に神津が望むような手術を施す腕のいい医者がいるのかもしれない。根元から切断されることを考えると、たちまち股間が縮み上がり、全身に怖気が走る。しばらく忘れていた恐怖がじわじわとぶり返してきて、血の気を引かせた。

できることなら嫌だと叫びたかったが、神津を裏切り、逃亡を企てて失敗したのは事実だ。弁解のしようもない。許しを請うのも躊躇った。こんな場合背に腹は代えられないので、つまらない矜持《きょうじ》に拘る気はないが、自分が悪いとわかっているだけに、たとえどんな非情な仕打ちをされようとも受け入れざるを得ないと諦める気持ちが働き、唇をきつく噛み締めた。

一つだけ言い分があるとすれば、なぜあのときラフよりも自分を信じてくれなかったのか、あんたが俺を信じようとしなかったから俺もあんたが信じられなくなって逃げたんだという、それだけだった。言ってやってもよかったが、神津のどこか達観したような取り澄ました顔を見た途端、その気も萎《な》えた。言ったところで暖簾《のれん》に腕押しになりそうな気がしたのだ。

「まずはその邪魔な荷物を置いてこい。どうせ鞄の底にろくでもないものを隠しているんだろう。さっき使っていた携帯電話と、尻ポケットを膨らませている紙幣、すべて鞄に仕舞え」

「置いてこいって、どこに？」

何もかも見透かされていることに衝撃を受けつつ、ぶっきらぼうに聞く。ここまで把握しているからには、マンションを出た時点から尾けられていたと考えるべきだろう。最初から泳がされていたのかと思うと屈辱で頭がいっぱいになる。

やはり神津は里見を試したのだ。自分に従順かどうか。

薄々怪しんではいたのにまんまと引っかかり、神津を裏切った。今や里見は俎《まないた》の鯉《こい》同然に制裁を待つ身だ。もう少し慎重になるべきだったと後悔したところで、もはやどうにもならない。

「トイレの個室の荷物置きだ」

行け、と有無を言わさぬ視線で命じられ、里見は渋々近くの男性用化粧室に足を向けた。

言われたとおりにして手ぶらで戻る。わざと忘れてきた荷物は、どこかからこちらの様子を窺っているのであろう神津の部下が、間を空けることなく回収しに来るのだろう。

里見の戻りを待ち構えていた神津に、「きみが先に行け」と保安検査場の列に並ばされる。パスポートと電子チケットはそのとき渡された。

ホアンのことはどうすべきかと、遅ればせながら頭を掠める。相手は正真正銘のマフィアの幹部なのだから、神津が里見を所有する限り、そう易々と里見に手を出すようなまねはできないだろう。とはいえ、二十万ドルの報酬がかかっているのであっさり諦めるかどうか甚《はなは》だ疑問だ。多少の危険を冒しても再び接触してくるかもしれない。

神津がどの程度まで協力者について把握しているのか探っておきたかった。

「あんた、俺が逃亡の手助けを頼んだこと、知っていたのか？」

「全く何も考えていないとは思っていなかった」

今度は神津も率直に答える。

「ただ、きみのほうから誰かに連絡を取る手段はなかったはずだから、デパートできみに接触した男は報酬目当てで向こうから近づいたのだろうと思った。なにしろきみは仲間を持たない主義の一匹狼だったんだからな。相手を調べさせたところ、どういう男かだいたいわかって、その確信は深まった」

「やつのこと、そんな前から気づいていたとはな」

「蛇《じゃ》の道は蛇《へび》だ。それに俺の部下には有能なのが多い」

神津は自慢するでもなく淡々と話す。

「ああいう裏社会に通じた手配師がきみに近づいたからには、いつ何時逃げる決意をするかわからない。それならいっそ一度逃がして失敗させたほうが無駄だと教えられていいと思った」

それにまんまと嵌まったわけだ。

里見はふっと深い溜息をつく。これはもう白旗《しらはた》を揚げて投降するしかなさそうだ。悔しさよりも小気味よささえ感じて、いっそ清々しい気分になってきた。

「参ったよ。あんたには」

「今さらか」

神津はいかにも心外そうに眉根を寄せる。

本当はもっと前から神津の抜け目のなさと不思議な支配力に魅《み》せられていた気がするが、すんなり認めるのが癪でそこは隠した。

折れるどころか、逆に皮肉ってやる。

「それだけ俺のことをよく見ていながら、俺がラフを誘惑したと本気で信じたのか」

さぞかし苦り切った顔をするかと思いきや、神津は動じた様子もなく「いや」と平気で否定する。手のひらを返した調子のいい返事に里見はムッとした。不貞を働いた妻を蔑むような目で俺を見たくせに、と反発心が湧く。

「かっこつけるなよ。あんた俺を軽蔑しただろう！　確かに俺はあいつのを銜えてイカせてやった。だけど、誰が好きこのんであんなことするもんか」

つい昂奮して大きな声を出してしまう。幸い日本語だったし、列の前後に並んでいるのは欧米人と思しき旅客ばかりだったので、何を言っているのか理解したものはいなそうだった。

「癇癪《かんしゃく》を起こすのはやめろ」

苦い顔で神津は里見を睨んだ。

「俺がいつきみを軽蔑した。本気できみを疑ったとまだ思っているのか」

「あんた、はぐらかしたじゃないか。ラフのほうを信じるのかと俺が聞いたとき、それはラフに聞けばはっきりするとかって。だから俺は……」

「だからきみは俺に失望して逃げた、そう言いたいのか」

今度はとりつく島もない冷ややかな表情で見据えられ、里見はグッと詰まって、そうだと威勢よく返せなかった。

「きみは感情的になると判断力が鈍るようだな。ブラスコに目をつけられたのを機に裏取引の現場から足を洗って幸いだった。続けていればいずれきみは鱶《ふか》の餌か地中の蛆虫《うじむし》に食い尽くされる最期を迎えただろうよ」

「誰がそんなへまをするものか」

「きみは向いていない」

神津は里見の反論に耳を貸さずぴしゃりと決めつける。

「なんだと、このっ」

馬鹿にされたと頭にきて思わず手を上げかけた。

公衆の面前だということを配慮する余裕もなく、憤懣に任せて神津の頬を叩こうとしたが、難なく手首を取って捻り上げられる。

「つっ」

里見は痛みに顔を顰めた。

「離せよ」

左手で神津の手を払いのけて右手を奪い返そうとして、反対に左手を摑まれる。

「おとなしくこれでもしておけ」

神津はスーツの上着のポケットから何か取り出すと、里見の左手の薬指に銀色の細い指輪を嵌めさせた。

結婚式のときに神津からもらい、その日一日だけ仕方なく嵌めたプラチナの結婚指輪だ。

「な、なんのつもりだよ！」

「なんの？」

神津は里見の手を離すと、わざとらしく肩を竦める。

「きみは俺の妻だ。俺は離縁したつもりはない」

「そんなの、単なる戯《ざ》れ言だ。法的にも社会的にもなんの意味もない」

頭を混乱させながら里見は言い募った。

神津の真意がわからない。里見が昼間から他の男の股間に顔を埋めているのを見て、己のプライドを傷つけられた憤懣から、裏切り者をどこかへ売り飛ばすつもりで今こうしてここにいるのではないのか。

「法も社会もどうでもいい。俺にとっては一家のボスであるジョットが認めるか認めないかが重要だ。ラフ・アルトベリは一切合切《いっさいがっさい》を吐いた。元はといえば、俺に吠え面をかかせたいがためにしでかしたことだ。一家の掟《おきて》の中でも他人の女房を寝取る行為は最も罪が重い。今頃は自慢の顔が二目《ふため》と見られなくなっているんじゃないか」

「俺の言葉……」

「最初から疑ってなどいない」

神津は当たり前のように揺るぎのない口調で言った。

里見は薬指に嵌めさせられた指輪に啞然《あぜん》として視線を落とし、それから神津に探るようなまなざしを向けた。

「マウリツィオが開いたパーティー以来、アルトベリが何かろくでもないことを企んでいそうな気配があったので、ボスと相談して一計を案じた。出張に出掛けた振りをしてアルトベリの行動を見張っていたんだ。部下たちにも、アルトベリに買収を持ちかけられたら乗った振りをしろとあらかじめ言ってあった」

「そうか。なんだ、そういうことだったのか」

からくりを明かされても不思議と怒りは湧かなかった。

「どうせなら、この際いっきに片づけてしまおうと思った」

神津のほうは意外にも少し面映ゆそうな、バツが悪そうな顔になり、フイとそっぽを向く。

「いつまで経っても俺の気持ちを汲《く》み取らないきみに、いい加減焦れた」

次の方、と係から呼ばれる。

「さっさと行け」

思わず本音を洩らしてしまったことを後悔し、気恥ずかしさをごまかすかのように、神津は里見を急き立てた。

里見は神津の言葉を半信半疑に聞き、どういう意味だと訝しみながら、なぜか動悸が治まらず、心を乱した状態で保安検査を受け、通過した。

すぐに神津も後からやってくる。

「出発は十九時二十分だ」

神津は里見の顔をまともに見ようとせず、大股で先を急ぐ。

「あそこの店でなんでもいいからコートを一着買え」

フランスの高級ブランドで知られた免税店を指してぶっきらぼうに言う神津の耳朶はじんわりと紅潮していた。

もしかして、と先ほど半信半疑だった気持ちが、神津の気持ちを好意的に受けとめるほうにグッと傾く。

嫌だとは思わなかった。迷惑だとも感じなかった。ただ、いったいいつから神津は里見を好きになってくれていたのかと、それだけが納得いかずに戸惑われる。自分もまた何をきっかけに神津のことをまんざらでもなく思い始めたのか、明確な答えは見つけられそうになかった。

ブティックには何種類か防寒着が置いてあったが、里見はさして迷わずにベージュのトレンチコートを選んだ。ブランドは違うが、見た感じは神津と色違いのお揃いになる。べつにそれを意図したわけではない。前から里見はトレンチコートを愛用しており、それが一番着慣れているからだ。それだけのことだと神津にも言っておいた。

「なんでもいいと言ったはずだ」

神津は神津で顰めっ面のままどうでもよさそうに返す。

本人は気づいているのかいないのか知らないが、耳朶の赤みだけがいっこうに引かず、それが里見の心をじんわりと浮き立たせた。

「これが新婚旅行なら、俺ももっと愛想よくしてやってもいいんだけど」

買ってもらったばかりのコートに袖を通し、ファーストクラス・ラウンジへ向かう途中、つい冗談めかして軽口を叩いてしまう。

先を歩いていた神津がピタッと足を止めて振り返る。

神津はなんとも言えない複雑な表情をしていた。

呆れと照れと不服ともどかしさと嬉しさと怒りと。

それを見て里見はようやくこの急な旅の意図を理解し、猛烈に狼狽えてしまったのだった。

Ⅴ

ＪＦＫ空港をほぼ定刻に出発し、翌朝七時過ぎにヒースロー空港に到着。およそ一時間という短い待合時間を経て次の便に乗り換え、三時間強のフライトでザグレブに着いた。

十二月のザグレブは東京と同じくらい寒かったが、雨や雪の多い土地らしく、空気は乾燥していないと感じた。パリなどの肌を刺すような冷気とは違う。南方のドブロブニクに行くと気温はさらに上がるだろう。

ザグレブ空港はクロアチア共和国の首都にある玄関口にしては、ずいぶんこぢんまりとした空港だ。ＪＦＫや成田とは比較にならず、日本でも地方都市にある空港の規模に近かった。

ニューヨークからロンドンまでは長時間に及ぶフライトだったが、ファーストクラスのシートは一席一席が独立したプライベート重視の作りになっていたため、特に話をするでもなくお互い思い思いに過ごした。食事の時間以外では、里見は寝ているか映画を観るかのどちらかで、フルフラットになるシートのおかげで疲労を感じることなく睡眠もたっぷりとれた。神津は売店で買ったペーパーバック三冊を読み終えたようだ。降りるとき客室乗務員に処分しておくよう頼んでいた。睡眠時間はいつも四時間程度だというので、普段からあまり寝ないのだろう。一緒のベッドで寝てもたいてい里見のほうが先に眠るので、そういえば神津の寝顔をまともに見たことはなかった。

その後乗ったロンドンからザグレブ間の飛行機ではビジネスクラスのシートに隣り合わせて座ったが、静かな機内ではなんとなく会話しづらく、他愛のない遣り取りを何度か交わしただけで、ここでもやはりそれぞれに時間を過ごした。なんとなく、改まった話をするのが気恥ずかしくもあったのだ。

ザグレブ空港に着くと神津はスマートフォンでインターネットを利用し、今晩の宿を予約した。中央駅の目の前に建つ老舗ホテルのスイートだ。観光シーズンを外れた時期なのが幸いしたのかもしれない。

「とりあえず一泊予約した」

「すごい行き当たりばったりだな」

傍で見ていた里見が揶揄すると、神津はむすっとした顔つきで「悪いか」と返してきた。ときどき子供っぽく怒る男だ。意外性があって面白い。

「だいたい、なんでクロアチアに来ようと思ったの？」

マフィア絡みかと疑ったことは棚に上げて聞いてみる。

「きみがターミナル7にいたからだ。あそこから出ている飛行機で行ける先を考えたとき、一度プリトヴィツェの国立公園やスプリットの街並みを見たかったことを思い出した」

「本当に行き当たりばったりだ」

里見は呆れてしまったのと、そんな神津が妙に可愛く思えたのとで笑ってしまった。

「やっと笑ったな」

神津が目を細めてボソリと言う。

口元も微かに緩めていたが、里見が「え?」という顔をすると、たちまち唇を結び直して仏頂面に戻った。

この男かなり不器用なほうかもしれない。

全然違うようで案外似たところもあり、里見は神津に少しずつ親近感を増していく。

ホテルにチェックインする前に街で当面必要な日用品を買い集めた。なにしろ二人とも何も持ってきていない。

「パスポートだけ持って空港に来て、その足で国際線に乗るなんて」

「贅沢を言わなければ店は世界中どこにでもある。現地のものをそのつど買えばいい」

「あんたがそれでいいなら、俺はべつにかまわないけど」

手頃な価格帯が売りの量販型衣料品店で替えのスラックスとセーターを調達し、下着類も買い求めた。

「夜の食事のときはどうする? 俺、女装する?」

「きみがスーツよりドレスを着たいなら、そうしろ」

「化粧品とコルセットも買ってくれる？」

ああ、と神津は睫毛を伏せ、いかにもどうでもよさそうに返事をする。

神津はゲイ寄りのバイらしいのだが、里見の女装姿には欲情を刺激されるようで、今も無関心を装いながら期待しているのを肌で感じる。

もっと神津を知りたい。

逃げる決意を固める前より、ずっと強い気持ちで里見は望んでいた。

体だけは出会って何時間も経たないうちから早々に繋いだが、心はようやくここに来てお互い距離を縮める努力をしだした気がする。

ザグレブに着いた一日目は買い物を中心に、中世から残る市街の美しい街を散策して回ることに費《つい》やした。高い尖塔を持つ聖母《せいぼ》被昇天《ひしょうてん》大聖堂、聖マルコ教会、イェラチッチ広場などを観た。

その後ホテルにチェックインする。

ホテルは外観も内装も優雅で美しく、古き良き時代の上流階級気分が味わえた。

「明日はプリトヴィツェに移動する。朝九時にはここを出るから荷物はできるだけ纏めておけ」

買ってきた品々をベッドの上に広げて整理していると、神津がいきなり背後から里見を抱き竦めてきて耳元に囁いた。

「ちょっ……ばか、やめろよ」

耳朶に温かな息をかけられ、淫靡な感覚に体の芯を揺さぶられて、里見は神津の腕を振り解こうと身動いだ。

「誰が馬鹿だ。いい加減その口の悪さは矯正《きょうせい》しないといけないかもしれないな」

「こんな俺でもかまわないと思ったから結婚する気になったんじゃないのかよ」

「……まぁ、それはそうなんだが」

珍しく神津は里見の指摘を認めた。

ゆっくりと両腕を緩め、里見の体を反転させる。

改めて正面から抱き直されると、気恥ずかしさが膨らんで、里見は目を伏せた。長い睫毛を覚束なく瞬かせる。

こんなふうに神津と立ったまま抱き合うのは初めてで妙に緊張した。左手の薬指に嵌めた細い指輪を急に意識する。神津の指にも同じものが嵌まっていて、なんだかおかしな気分だった。

決して望んでこうなったわけではないと思っていたが、今となってはもう、神津の傍を離れたいとは微塵も思っていない自分がいる。どうした心境の変化だと揶揄する自分がいる反面、元々そんなに真剣に逃げたいと考えてはいなかったじゃないかと冷静に突っ込む自分もいた。

「あんたさ、もしかして、昔俺と似た恋人でもいたの？」

「なぜそう思う？」

「なんとなく。そのとき報われなかったもんだから、よく似た俺で思い出を作り直したいのかと勝手に想像しただけ。ほら、あんたロマンチストなところがあるみたいだから」

初夜に拘ってみたり、いきなり新婚旅行に連れ出したり、すこぶる端整だが愛想のない厳《いか》めしい顔に似合わない言動をしばしば見受けるのだ。

神津は穏やかなまなざしをしたままフッと自嘲気味に息をつく。

「そういうメロドラマチックな話は残念ながらないな」

なんだ、と予想が外れて面白くなかったが、神津はさらっと告白を続けて里見を驚かせた。

「椅子に縛りつけられても勝ち気な態度を崩さなかったきみは、見ていて小気味よかった。俺も半分は日本人だから、そこにも情を感じたのかもしれない。まぁ、一言で言えば、好みの顔と体型をしていて食指が動いたってことだ」

神津は自分の気持ちを追いかけ、懐かしむかのごとく、遠くを見る目をする。

「男のきみを相手に今までにないほど強い劣情を湧かせて、奥さんにしたいと思った。無理やりにでもそうできる条件がたまたま揃っていたから、よけいそんな気になったんだろう」

「あんた俺をさんざん脅したし、腕までへし折らせたんだぞ」

「それは仕方がない。きみはそれだけの悪さをしたんだ」

その点に関しては神津はいっこうに悪びれなかった。謝りもしない。もちろん、里見も言うだけだ。自分が迂闊にマフィアと利害関係が生じるような案件に首を突っ込んだのがそもそも間違いだった。

「俺のこと、去勢して女にすると言ったのは？」

「気が変わった。そんなことをしなくてもきみを縛りつけておけると思ったし、それさえしないと言えば、きみは慌てて逃げずにしばらく俺の許にいてくれそうだった」

確かにそのとおりだ。いずれ逃げる手立ては考えねばならなかったが、男のままでいいと言われたときから焦りは感じなくなった。策が練れるまでは早まった行動はするまいと己に言い聞かせていた。神津と一緒に暮らすこと自体はさしてストレスではなかった。もしも一つ屋根の下にいて同じ空気を吸うのも嫌だったら、やはり早々に逃げることを考えたと思う。

里見のこうした感情はおそらく神津にも伝わっただろう。里見を縛りつけておけると思ったと神津が言ったのは、里見が神津を嫌悪していないことが神津にも通じていたからだ。

「きみは、どうだ。俺をどう思っている?」

とうとう神津の口からその質問が出た。

話の流れとこの場の雰囲気から、きっと聞かれるだろうと覚悟していたが、いざとなると里見は動揺して素直になれなかった。自分の気持ちと向き合い、意地を張り続けてきた相手の前でそれを正直に吐露《とろ》するのは勇気のいることだ。里見は神津のように潔くはなかなかなれなかった。

「……どう、って」

里見は腑甲斐なく口籠もる。

しばしの間神津は辛抱強く言葉の続きを待っていたが、里見がうまく言葉を探せずに困惑するのを見て取ると、諦めた様子で里見の体に回していた腕を下ろした。

「答えられるようになったら、きみのほうから教えてくれ」

そのまますっと里見の傍から離れ、リビングのほうへ行く。

「せっかくクロアチアくんだりまで来たんだ。しばらく各地を観光して回りながらのんびり過ごそう。たまには行き当たりばったりの旅もいいものだと教えてやるよ、奥さん」

最後に言い添えた「奥さん」は神津にしては珍しく茶目っ気を出した発言だったようだが、里見はそんなふうに呼ばれても不快に感じない自分が不思議だった。

以前なら屈辱だと感じたはずだが、今はむしろ神津に所有欲をちらつかされると、面映ゆさやまんざらでもない感じが胸にじわじわとくる。手放しで喜べはしないが怒る気にはなれず、まぁいいか、と肯定的な気持ちになる。

その夜はイエローシャンパン色のドレスを着て、ホテルのメインダイニングでゆっくり食事を愉しんだ。さすがにウイッグまでは調達できなかったので自毛をワックスで固めてボーイッシュなショートヘアにアレンジしただけだが、化粧をすることでちゃんと女性に見えるので、我ながらいよいよ己のテクニックに溺れそうだ。

パリッとした真っ白いクロスが掛かったテーブルにキャンドルが置いてあり、会話しやすいように対面ではなく隣り合うように座ってはどうかと給仕に勧められたのでそうしたが、こうした場所ではなぜかお互い無口で、会話が弾んだとは言い難かった。

ぽつりぽつりとしか話さなかったが二人の間を流れる空気は心地よく、いい雰囲気のうちに食事を終えた。シャンパンとワインをそれぞれ一本ずつ空けて、微酔《ほろよ》い加減で部屋に引き揚げる。

「明日は国立公園でトレッキングだ。ここからプリトヴィツェまで長距離バスで二時間半かかるらしい。風呂に入ったら早めに休め」

てっきりこのままベッドに押し倒されるのかと思っていたら、神津は拍子抜けするようなことを言う。今夜里見を抱く気はないらしい。

里見はバスタブに湯を張って一人で裸身を沈めつつ、密かに落胆してしまう。

神津は里見を好きだと言った。一目見たときから劣情を覚え、自分のものにしたくなったから妻にしたのだと打ち明けてくれた。

「あんな告白しておいて、今夜は別々のベッドに寝ようって……。ほんとあいつ、わけがわからない」

浴室で一人になったせいか、つい愚痴《ぐち》が零れる。

神津はときどき里見の理解の範疇《はんちゅう》を超える。だから興味深いと言えばそのとおりだが、正直ちょっと焦れったい。

明日もトレッキングで疲れたからとかなんとか、何かしら理由をつけて、夜は里見を避けようとする気がする。

「……俺があいつに返事をしないから、か……？」

ふと思い当たって、たぶんそうに違いないと思った。

「そんな今さら言葉にしなくたって、俺の気持ちくらいわかりそうなもんだろう」

しかし、それでも神津は里見の口から直接はっきりとした返事が聞きたいのだ。本当にロマンチストだ。変なところで意地を張るあたり、微笑ましくもある。おまけに忍耐強くて、一度こうと決めたらぶれない意志を持っているので始末が悪い。

今夜はさすがにもうタイミングを逸していて、気恥ずかしくて言えないが、明日は言えるかもしれない。明日こそ言ってやろう。体中を泡だらけにしながら心を決める。

風呂から上がると、神津はちょうど電話を終えたところだったらしく、スマートフォンを耳から離して里見を振り返った。

その姿を見た里見は唐突にホアンを思い出し、あっ、と小さく声を上げていた。

「どうした」

すかさず神津が聞き咎《とが》める。

「……あ、ああ、いや。逃亡の手配をした男に金を払う約束をしたから、この際いっそ払ってしまおうかと思って」

「いくらだ」

「二十万ドルだけど」

「それなら俺が払っておいた」

金額まで聞いておきながら、神津はしゃあしゃあとして言う。

「な、なんで？」

払うのは神津の勝手だが、どういう経緯でそんなことになったのか理解できず、大きく目を見開いて訊ねる。

「携帯電話に向こうから電話がかかってきたんだ。どうなっている、と怒ってな。それを受けた部下が俺に指示を仰いできたので、とりあえず払っておとなしくさせろと言っておいた。ああいう輩《やから》にいつまでも纏わりつかれては面倒だからな」

「ご、めん」

さすがにきまりが悪くてしおらしく謝った。

「俺に電話を一本かけさせてくれたら、スイス銀行の預金口座からあんたの口座にその分の金振り込ませるけど」

「不要だ」

神津は躊躇いもせず突っぱねる。

「きみが俺の奥さんでいる限り、きみのために遣う金は俺にとって必要経費だ」

言い方は引っかかるが、神津が里見を大切に考えてくれている気持ちは伝わってきた。

「じゃあ、あんたの好きにすればいい。あとで恩に着せるなよ」

本当はそんな憎まれ口を叩きたかったわけではなくて、素直に礼を言うべきだと頭ではわかっていたのだが、なぜか無性に面映ゆくて、ありがとうの一言が出てこない。そのまま神津と向き合っているのもバツが悪くて、里見は隣のリビングに逃げた。

憂慮《ゆうりょ》していたホアンのことも結局神津が収めてくれた。おかげでようやく気掛りだったことにカタがつき、なんの心配もなくなった。さっきはお礼の一つもちゃんと言えなかったが、里見は神津に深く感謝していた。神津にはこの先できる限りのことをして報いたい。

リビングでグラス一杯のミネラルウォーターを飲んで寝室に戻ると、今度は神津が風呂に入っていた。バスルームからシャワーの水音が聞こえてくる。

二台並んだベッドのうちの一台に、バスローブを脱いで裸で潜り込む。

こっちに神津も寝に来てくれてもかまわない。正直に言えばそれを期待していたので、わざと半分空けて横になる。

長時間のフライトのあと、半日街を歩き回って観光したりショッピングに精を出したりして疲れていたのか、横になった途端眠気が差してきて、あっという間に寝入っていた。

起きたら朝で、神津はすでにトレッキングをするのにふさわしい服装に着替えていた。

隣のベッドの乱れ具合から、神津はやはりもう一台のベッドで寝たらしい。

その気になればいくらでも禁欲的になれるいけずな男は、腹が立つほど清々しく端麗《たんれい》な顔つきで、神津に「やっとお目覚めか」と憎らしい挨拶をして寄越《よこ》した。

自分だけがあさましく人肌を欲しがったようなのが悔しくて、里見はツンと顔を背けて「おかげ様で」と無愛想に返す。

「朝食に行くぞ。さっさと顔を洗ってこい」

里見の機嫌がよかろうと悪かろうと意に介さぬ様子で神津はてきぱきと指示する。

神津をやり込めるにはまだまだ自分は経験不足だ。そう噛み締めながら、里見は全裸でベッドを下りた。

*

ユネスコの世界遺産に登録されているプリトヴィツェ湖群国立公園は、その名のとおり十六の湖と川、滝がおよそ八キロにわたって連なった景勝地だ。山間から南北に流れ出る川の上流と下流に湖群がある。紺碧《こんぺき》や紺青《こんじょう》、灰色といった色の湖が約二キロ平米にわたって広がり、湖と湖を自然が形成したダムが繋いでいる。

入り口で入場券を買って園内に入り、遊覧船で湖の対岸に渡る。

湖上に木製の遊歩道が渡された場所があり、観光客が列をなしてここを歩き、公園内でトレッキングを楽しんでいた。

冬場は観光客の人数も減り、山間部の湖の脇を歩くには寒かったが、ここでしか見られない景色が目を愉しませてくれる。

園内を走る三連結の珍しいバスで最も高い地点まで行き、そこから遊歩道に従ってのんびり散策しながら下山する。

山の傾斜は緩やかで、景色を見ながら自分たちのペースで歩いていくと、疲れを感じない。運動しても肌が汗ばむこともなく、ときどき休憩を入れながらの五時間あまりの行程はひたすら心地よく、目にも素晴らしいものだった。

湖を渡る遊覧船はゆっくり、ゆっくりと進む。

遊歩道を歩くのとは目の位置が違って、船の舳先《へさき》に立つと前方に広がる静かな湖面と両岸を縁取る緑の壁が間近に迫ってくるように感じられる。

「寒くないか」

普段の神津はどちらかといえば口数が少なく、最低限の言葉しか発しないことが多い。ぶっきらぼうながらかけられる言葉は里見を気遣ってくれるものばかりで、優しい男なんだなと胸の奥が温かくなる。

遊覧船の船上は確かに寒かった。

防寒着を着ていても湖面を撫でて吹きつける風は冷たく、手足が悴《かじか》んでくる。手袋をしていても指先は凍《こご》えていた。

「貸してみろ」

手のひらを握ったり開いたりしていると、神津が里見の右手を取ってきた。

両手で包み込むようにして温められる。

「意外と優しいんだよな、あんた」

神津は里見がぽつりと洩らした言葉を聞こえなかったかのように無視し、相槌すら打たない。ちゃんと聞こえたであろうことは、手に微かに走った緊張でわかった。

言うなら今だと何かに背中を押された心地がして、里見はこくりと喉を小さく鳴らす。

「あんたは信じないかもしれないけど、俺、マンションを出ていくとき後ろ髪を引かれる思いがしたんだぜ」

ピクリと神津の頰肉が引き攣れる。

「なんでだと思う？　あんたは俺のこと囚人みたいに閉じ込めて、夜しかかまわない。ときには夜ですらかまわないってのにさ。だけど、気がついたらまた一人に戻るのは寂しいかなぁって感じてる自分がいたんだ」

最初は訥々《とつとつ》とした口調だったが、勝手に喋《しゃべ》っているうちに里見はもうこの際一切合切ぶちまけてしまいたくなってきた。

「どうしてあんたを好きになってしまったのか、わかるなら教えてほしいよ」

いっきに言って、自分より十センチは背の高い男の顔をきついまなざしで睨み据える。

「それは俺が無理に言わせているわけではない、よな？」

ようやく神津が引き結んでいた口を開く。

「そんなはずないって、あんたが誰より承知しているだろう」

里見はプイとそっぽを向いて邪険に答えた。

「俺があんたを嫌ってないこと、あんたは最初の夜から気づいていた」

「ああ。繋がったときにそれはわかった」

神津は衒《てら》いもせずに言う。

「だがそれ以上は正直自信がなかったし、もっとたくさん時間がかかるだろうと覚悟していた」

「俺だってまさかこんなに簡単にあんたを好きになるとは思っていなかった」

「本気で言っているんだな？」

いざとなると神津はしつこいくらい慎重に同じ問いを重ねる。

他のことには腹立たしいほど自信満々で不遜な男が、恋愛に関してはひどく不器用で遠慮がちなのが意外だ。

「俺があんたに冗談で好きだって告白しなきゃならない理由、ある？　あんた俺があんたをどう思っていようがおかまいなしに、俺のこともう奥さんにしてるじゃないか」

「そうだった」

神津は目を細めて苦笑する。瞳に喜色が浮かんでいて、里見までじんわりと幸せな気持ちに包まれた。他人が喜ぶ姿を見て自分自身も心が浮き立つのを、いいな、としみじみ感じる。

「今夜は一人で寝るなよな」

「そんなもったいないことはしない」

耳に心地いい神津の低音ボイスがぐっと色香を帯び、里見の体の芯をはしたなく痺れさせる。

「ああ、どうしよう」

里見は急に神津に甘えたくなり、逞しい胸板に背中を預け、寄りかかる。

すぐに神津の両腕が里見の細い体に回されてきて、背後からしっかりと抱き締められる。

「きみが好きだ」

「先に言うな！」

里見は神津の脇腹を肘でトンと軽く突くと、くるりと体の向きを変え、今度は自分から神津の首に両腕をかけて抱きついた。

遊覧船の舳先には他にも観光客がいたが、皆湖の景勝を眺めたり、記念撮影したりするのに忙しくしているので、男同士で抱き合っていても注視を浴びることはない。

「俺もあんたが好きだよ」

里見は神津の情の深い目をしっかり見つめて告げる。

「あのときあんたが居合わせてよかった。助けてくれてありがとう」

神津からの返事は熱い抱擁とキスだった。

＊

プリトヴィツェに取った宿は、公園のエントランスから一キロ半ほど離れた静かな場所にあるコテージふうの小さなホテルだ。緑色の屋根が三角になっていて、煉瓦《れんが》を積み上げたような白壁と木製の窓枠やベランダが可愛らしい。客室は八つしかないが部屋は快適で申し分ない。スタッフも皆親切で、居心地のいいホテルだった。

ホテルでディナーを頼むと、地元の食材を使った料理をふんだんに食べさせてくれて、これがとても美味しかった。昼間公園をさんざん歩き回ったので、いい感じにお腹が空いていたせいもあり、いつも以上に食べて飲んだ。

ベッドはダブルサイズの寝台が一つ。

先にシャワーを浴びて、備えつけの寝間着を着てベッドに入っていると、神津がバスローブ姿で浴室から出てきて部屋の灯りを消した。枕元にあるシェード付きランプは点いたままで、黄白色の光が暖かくベッド周りを照らす。

スプリングをギシリと軋ませて、バスローブを脱ぎ捨てた神津がベッドに上がってくる。もう何度となく抱かれているはずなのに、急に心臓がざわめきだして里見を緊張させた。

シーツに仰向けに横たわった里見の体を敷き込むように神津が体を被せてくる。

弾力のある筋肉に覆われた均整の取れた体の重みを全身で受けとめて、里見は浅い呼吸を繰り返した。

薄く開いた唇を神津が貪るように吸ってくる。

啄《ついば》み、濡れた舌を隙間から差し入れてきて、口腔を舐め回され、里見はあえかな声をいくつも洩らして睫毛を震わせた。

キスだけで昂り、股間が硬くなる。

「ね、して。もっと」

角度を変えて小刻みなキスをされる間に里見は熱に浮かされた声でねだった。

「ああ」

神津のセクシーな声が耳元で響く。

脳髄がジンと痺れるような感覚に襲われ、神津の背中に這わせた指に思わず力を込めた。

キスを続けながら神津の手は里見の寝間着のボタンを手際よく外していき、胸板をはだける。

ツンと尖った乳首を押し潰すように弄られると、たまらず腰が揺れた。

両の乳首を交互に擦られ、引っ張り上げられ、指で弾かれる。

「ンンッ!」

刺激の強さに顎を反らせてキスから解放された唇をわななかせる。

「あ、あっ、だめ……!」

充血して猥りがわしく膨らみ、凝ったところを今度は口に含んできつく吸われ、里見は激しく首を振って悶えた。

快感をやり過ごそうと、足の指まで突っ張らせ、全身に力を入れてしまう。

神津はいったん上体を起こすと、はだけた寝間着の上衣を里見の体から脱がせた。ズボンも脚から抜き取り、一糸纏わぬ姿にされる。

里見の脚の間に身を置いた神津は、脚を膝で曲げさせて恥ずかしい形にして股間を開かせると、硬くなってそそり立つ性器を掴み、ゆるゆると揉みしだく。

「ん、んんっ、や……っ、あっ」

「ますます硬くなってきた」

「ああ、んっ、ん！」

ズリズリと薄皮を上下に擦り上げるようにして扱かれると、自慰とは桁違いの快感が次から次に湧いてくる。里見は艶めいた喘ぎ声をひっきりなしに上げながら、身を揺すって悶えた。

爪先で空を掻き、さらにじっとしていられずに足の指を蠢《うごめ》かす。

「ああっ、あっ」

どんどん追い詰められ、高みに押し上げられては、はぐらかされ、里見はなりふりかまっていられず嬌声を上げ、啜り泣く。

「イカせて……、もう、イカせてくれよ！」

「だめだ。まだイクな」

達しそうになると、指で作った輪で根元をきつく絞られ、精液が噴出するのを押しとどめられる。そうして射精できないようにしておいて、先走りを滴らせる先端の隘《あい》路《ろ》を尖らせた舌先で抉っては雫《しずく》を舐め取ったり、亀頭を口に含んで吸引したりして責め立てられ、総毛立つほど感じて乱れた。

罠にかかった獣のように暴れ、自分のものとは思えないようなはしたない声を上げる里見を、神津は易々と押さえつけ、尻の奥にも指を伸ばす。

「ひぃ……っ、あ、あ」

枕の下にあらかじめ忍ばせていた潤滑剤のボトルを開けて、ぬめった液を窄んだ秘部に施され、きゅっと慎ましく閉じた襞の一本一本に塗される。

十分に濡れた襞をこじ開け、ググッと節のある長い指が肉筒の中に挿《はい》り込んでくる。

「あぁあっ」

里見は肩を撥ね上げ、指でシーツを掻き寄せ、息を呑んで固く目を瞑る。

神津の指は淫らで容赦がない。

狭い筒の内側を荒々しく擦り立てつつ、いっきに付け根まで穿たれて、一息入れる間もなく中で動かされる。

滑りのいい液をたっぷりと塗して進入してきた指は、筒の中をぬぷぬぷといやらしい水音をさせつつ奔放に動く。内壁を押し上げ、叩き、擽り、抜き差しされて、里見は猥りがわしく腰を打ち振り、尻の穴を喘がせた。

神津の指を後孔に迎え入れたまま襞を妖しくひくつかせ、締めつける。

後孔を弄られている間にも、もう一方の手は猛ったままの陰茎を擦り立てたり、陰嚢を揉みしだいたり、乳首を捏《こ》ね回したりする。

「ひっ、あ、だめ。あぁ、だめだ、そんなにしたら……！」

「駄目とか嫌とかいう顔はしてないぞ、征爾」

神津は意地悪く冷やかし、愉しげに口元を綻ばせる。

一本だった指が抜かれ、すぐに二本に増えて挿れ直された。

人差し指と中指で深々と貫かれ、悲鳴とも嬌声ともつかぬ声が口を衝いて出る。

二本の指を中でバラバラに動かしたり、揃えて抽挿されたりするうちに、里見の秘部はしとどに濡れて解れ、貪婪《どんらん》に収縮し始める。

「あ……、あっ、もう、欲しい」

「指では物足りないか」

神津に火照った顔を覗き込まれ、汗ばんだ額に張りついた髪を優しく梳《す》き上げられる。

その感触がうっとりするほど気持ちがよくて、神津に対する愛情がぶわっと膨らんだ。

「ほ、しい。あんたの」

「あんた、じゃだめだ。ちゃんと俺の名を呼べ」

セックスの最中に交わす会話は里見の脳髄を他では代用の利かない快感で痺れさせ、気分を昂揚させる。皮膚も鼻も耳も目も、どこもかしこもが性感帯で、触れられるのはもちろん、匂いや音、声、視界に入るもの、ことごとくに感じて昂る。

「奨吾。奨吾、キスして」

神津の全てが欲しくてねだる。

神津は里見の唇をあやすように吸い、唇を割って舌を搦《から》め捕《と》ってきた。

里見からも積極的に口と舌を動かし、互いの唾液を啜り合う濃厚なキスを愉しむ。舌を絡ませて吸い合い、口の端から流れ落ちた唾液まで舐め取られる。

濡れそぼった唇を離すとき透明な糸が長く引く。糸はやがて切れてしまったが、神津はそれよりもっと確かなもので里見と繋がろうとする。

キスの余韻に浸る里見の腰を引き寄せ、露になった秘部に潤滑剤を足してぬめりを広げる。

受け入れの準備が調ったところで、神津は股間に生やした長くて太い竿を里見の熟した秘部にゆっくりと進めてきた。

「あああっ、大きい……っ」

狭い筒を押し広げ、繊細な壁をズリズリと擦り立てながら少しずつ押し入ってくる陰茎の嵩と熱、硬さに、里見はおののき叫ぶ。ずっしりとした重みまで感じられ、奥まで埋め尽くされたときの苦しさと充足感を知っている体が震える。

三分の一ほど含み込まされたところで、里見は首を振って神津を潤んだ目で見上げ、

「もう無理。それ以上は入らない」

と泣きを入れた。

「入る。いつもと同じだ」

神津は弱音を吐いた里見を宥めるように濡れた頬に唇を滑らせ、顎にキスし、髪を撫でてあやしながら、ズンと腰を入れてきた。

「ヒイイッ」

最後は手荒に身を進められ、奥をしたたかに突き上げられて、目尻に浮かんでいた涙を振り零して悲鳴を放つ。

「ああ……こんなの、俺……」

衝撃の強さにうまく言葉が紡げない。

里見の中をみっしりと埋め尽くす神津のものは、かつてないほど大きく、棍棒《こんぼう》のように硬い。

息をするたびに熱い剛直を抱き締めているのが感じられ、後孔の襞がもの欲しげに収縮する。

「これから毎晩、きみの中に俺の子種を注いでやる」

「そんなことしたって俺は身籠もらないよ」

里見は真面目に答えた。

「ああ。もちろん承知の上だ」

神津も真摯《しんし》な顔つきできっぱりと言う。

ドクン、と神津の猛々しい陰茎が里見の体内で自己主張するかのごとく脈打った。

「そろそろ動いてもいいか」

「いい、けど」

本音はもう少しこのままがよかったが、それでは神津が辛いだろうと思い、躊躇いを押しのけるようにして頷いた。

「悪いが今夜はセーブしてやれそうにない」

神津は僅かに切羽詰まった声で前置きすると、里見の尻に頑健な腰を打ちつけ、抜き差し始めた。

一突きされるたびに奥を叩かれ、体がずり上がる。

腰を摑んで引き戻されたかと思うと、引いた腰を再び勢いよく押し出される。

荒々しい抽挿に里見は乱れた声を放ち、顎を大きく仰け反らせてシーツを引き摑む。

「はああっ、あっ！　だめっ、だめ、きつい。きついっ」

「征爾」

神津の唇が、里見の汗ばみ大きく仰け反った喉を這う。

奥を突く腰の動きは止めぬまま、右手は里見の陰茎を扱き、括《くび》れを指の腹で撫で、陰嚢をまさぐる。

すさまじい快感と、体の中を掻き回される本能的な恐れが里見を翻弄し、あられもない痴態《ちたい》を晒させる。泣いて、叫んで、イイと悶えたり、怖いと悲鳴を上げたりしながら、神津と共に悦楽の坂を上っていった。

高みに上り詰め、解放のときを迎えたのは二人ほぼ同時だった。

惑乱した嬌声を放って里見が射精を始めた直後、神津も陰茎を一際激しく脈打たせ、熱い飛沫を奥に迸らせた。

達したあとも性感が高まったままで、里見はどうにかなりそうなほど長々と法悦を味わい続けた。上がった息がなかなか静まらず、胸板は激しく上下に揺れ続け、全身汗ばんでいた。

里見の後孔から己のものを引き抜いた神津が、やはり汗でしっとりとした肌を押しつけ、里見の細い体をすっぽりと抱き竦める。

神津の肌から立ち上るトワレの香りが官能的で、里見は体の疼きがいっこうに治まらず、困った。もうこの馴染んだ香りがないと夜眠れないとすら思う。

「明日は、どうするつもり？」

ようやく息が整ってきて喋ることができるようになった。

「そうだな。ここからスプリットという海側の街に移動して、翌日コルチュラ島を観て、さらに次の日ドブロブニクに行き、ザグレブに戻って帰国――と考えていたんだが」

神津はそこで言葉を句切ると、里見を抱く腕の力を緩め、ふっと蠱惑的《こわくてき》に笑った。

「最初に言ったとおり、行き当たりばったりの旅だ。明日はもう一度ここに泊まることにして、日中また公園を散歩するのはどうだ」

「移動はなし？」

そうだ、と神津は頷き、里見の唇に掠めるようなキスをした。

「その代わり、今夜は寝かさない」

「嘘。まだするつもり？」

里見は目を瞠って聞き返したが、本音は決して嫌ではなかった。

「忘れたのか。これは新婚旅行だぞ」

神津はさらっと言うと、再び里見の体を腹の下に敷き込み、顎を掴み取ってきた。

男前で色香に満ちた顔が目と鼻の先まで近づいてくる。

目を閉じると柔らかな唇が唇に押しつけられた。

里見は幸せな心地に酔い痴れ、神津に身を委《ゆだ》ねた。

あとがき

このたびは拙著をお手に取ってくださいまして、ありがとうございます。

今年は花嫁もの作品が多いです。本著もそうした中の一作になりました。

花嫁ものというと、私的王道は『訳あって身代わりにならざるを得なくなった受さんが、世間には男であることを隠して攻さんの許にお嫁に行き、最初は嫌々の政略婚だったけれど次第に惹かれていって……』というパターンなのですが、今回書かせていただいたのはそういう感じではなく、タイトルのとおり花嫁ものと言うよりは結婚ものかなという話になりました。

綺麗だけど中身はどこまでいっても男の受さんは、新婚ごっこをするにも初々しいとは言い難く、女装も年中しているわけではないですし、女らしい振る舞いは全然していないのですが、やっぱりテーマは同居と夫婦っぽい遣り取りだと思うので、そのあたりの二人の関係性の変化を楽しんでいただければ嬉しいです。

よかったら感想等お聞かせくださいませ。

著者校正をしているとき、ここは自分的にもノリノリで書いたなとあらためて思ったのが、ドレスを着ていた里見を神津が押し倒して襲っちゃう場面です。ガーターとかビスチェとか、女性ものの下着をつけたままされちゃうのって、めちゃくちゃ屈辱的だし倒錯的なんじゃないかなと。男同士のそういうシーンを純粋に書くのとは違った楽しさがあって、我ながら新鮮でした。気のせいか、里見もいつも以上に感じている気がします。

そういえば、ごく最近、二人が一緒に出掛けた国がテレビ番組で紹介されておりました。本著で書いた場所よりもっと南の方の世界遺産に指定された都市が案内されていたのですが、二人もきっとその後ここを訪れたはずなので、興味深かったです。

イラストは雨澄ノカ先生にお引き受けいただきました。

キャララフを拝見したとき、神津があまりにもかっこよくて感激しました。こういう人に「俺の嫁になれ」と言われたら二つ返事で「はいっ」と答えてしまいそうです。里見も案外一目惚れだったんじゃないかなと思いました。表紙カラーのハイヒールがとっても素敵で、こちらもまた嬉しかったです。背中に銃を隠し持っている花嫁さんは今まで私の作風にはなかったもので、ドキドキしました。

どうもありがとうございました。

本著の制作にご尽力くださいましたスタッフの皆様。いつもいろいろと相談に乗っていただき、ありがとうございます。今後ともどうぞよろしくお願いいたします。

それでは、また次の本でお目にかかれますと嬉しいです。

遠野春日拝

◆初出一覧◆
劣情婚姻　　　　　　　　／書き下ろし

ビーボーイ小説新人大賞募集!!

「このお話、みんなに読んでもらいたい!」
そんなあなたの夢、叶えませんか?

小説b-Boy、ビーボーイノベルズなどにふさわしい小説を大募集します!
優秀な作品は、小説b-Boyで掲載、もしかしたらノベルズ化の可能性も♡

努力賞以上の入賞者には、担当編集がついて個別指導します。またAクラス以上の入選者の希望者には、編集部から作品の批評が受けられます。

大賞…100万円+海外旅行

入選…50万円+海外旅行

準入選…30万円+ノートパソコン

佳　作　10万円+デジタルカメラ
努力賞　5万円
期待賞　3万円
奨励賞　1万円

※入賞者には個別批評あり!

◆募集要項◆

作品内容

小説b-Boy、ビーボーイノベルズ、ビーボーイスラッシュノベルズなどにふさわしい、商業誌未発表のオリジナルボーイズラブ作品。

資格

年齢性別プロアマを問いません。

注意!
・入賞作品の出版権は、リブレ出版株式会社に帰属します。
・二重投稿は堅くお断りします。

◆応募のきまり◆

★応募には「小説b-Boy」に毎号掲載されている「ビーボーイ小説新人大賞応募カード」(コピー可)が必要です。応募カードに記載されている必要事項を全て記入の上、原稿の最終ページに貼って応募してください。
★締め切りは、年2回です。(締切日はその都度変わりますので、必ず最新の小説b-Boy誌上でご確認ください。
★その他の注意事項は全て、小説b-Boyの「ビーボーイ小説新人大賞募集のお知らせ」ページをご確認ください。

あなたの情熱と新しい感性でしか書けない、
楽しい、切ない、Hな、感動する小説をお待ちしています!!

ビーボーイノベルズをお買い上げ
いただきありがとうございます。
この本を読んでのご意見・ご感想
をお待ちしております。

〒162-0825 東京都新宿区神楽坂6-46
ローベル神楽坂ビル５階
リブレ出版㈱内 編集部

リブレ出版WEBサイトでアンケートを受け付けております。
サイトにアクセスし、TOPページの「アンケート」から該当アンケートを選択してください。
ご協力をお待ちしております。

リブレ出版WEBサイト　http://www.libre-pub.co.jp

BBN
B●BOY
NOVELS

劣情婚姻

2014年9月20日　第1刷発行

著者 —— 遠野春日

発行者 —— 太田歳子

発行所 —— 株式会社リブレ出版

〒162-0825 東京都新宿区神楽坂6-46ローベル神楽坂ビル
営業　電話03(3235)7405　FAX03(3235)0342
編集　電話03(3235)0317

印刷所 —— 株式会社光邦

Printed in Japan
ISBN 978-4-7997-1559-8